Livia Klingl • Der Lügenpresser

Livia Klingl

DER LÜGEN-PRESSER

Roman

K&S

www.kremayr-scheriau.at

ISBN 978-3-218-01107-5

Schutzumschlaggestaltung: Sophie Gudenus
Unter Verwendung einer Grafik von shutterstock.com/udra11
Satz und typografische Gestaltung: Sophie Gudenus
Druck und Bindung: Christian Theiss GmbH, St. Stefan i. Lavanttal

Gedruckt mit freundlicher Unterstützung durch die Kulturabteilung der Stadt Wien.

Für Ing. Oskar Hans Klingl, 1908–2000

Montag

IN DER FRÜH, ZU HAUSE IM BETT

Niemals hätte ich mir das früher vorstellen können, aber jetzt weiß ich es. Das sind keine kitschigen, aber nie wahr werdenden Erzählungen aus Frauenromanen und ihren erst recht kitschigen Verfilmungen im deutschen Fernsehen, bei denen ich sofort wegschalten muss, weil dieses Gesülze hält ja kein Mensch aus. Jedenfalls kein Mann. Nein, das gibt es wirklich, dieses Ankommen, Sich-zu-Hause-Fühlen, diese beglückende Zweisamkeit, die Romantik, die Zärtlichkeit, dieses Einander-Wollen!

Ich erkenne mich kaum wieder! Dass ich einmal im Bett liegen und jemandem anderen am Kopfpolster nachspüren würde, noch einen Hauch vom Duft der anderen Person festhalten möchte, hätte ich nie im Leben von mir selber gedacht. Aber jetzt liege ich hier in den zernudelten Laken, auf denen wir die vergangenen Stunden verbracht haben, aneinandergekuschelt wie zwei schlafende Kätzchen.

Sonjas leicht vom Schweiß der Nacht verschwitzte Bettdecke habe ich an meinen Körper und zwischen meine Beine gepresst, meinen Kopf auf ihrem Polster, die Nase eingetaucht wie in ein Parfümflakon, damit ich noch die letzten Reste von ihr erschnüffeln kann von dort, wo eben noch ihr dichtes, lockiges Haar gelegen ist.

Der Spruch stimmt also doch, dass man Dinge loslassen, weglassen, aber vor allem zulassen muss. Zulassen, was für ein seltsam doppeldeutiger Begriff! Man kann das Herz zu lassen und damit nichts an sich heranlassen. Oder man kann etwas zulassen und damit das Herz öffnen, so wie mir das passiert ist. Diese deutsche Sprache mit ihren zehntausenden Wörtern hat schon seltsame Eigenheiten! Bei Zulassen ist mir das bisher nie aufgefallen, dass es das Öffnen und zugleich sein Gegenteil, das Verschließen bedeutet. Mein Lieblingsbeispiel für die Unlogik war ja immer „unwirsch", eine Verneinung von etwas, das es in seiner Bejahung im Sprachgebrauch überhaupt nicht gibt. Im Duden gibt es „wirsch" sehr wohl. Und es heißt absurderweise dasselbe wie unwirsch.

Sonja, was für ein schöner, warmer Name! Ich mag ihr Haar so sehr! Es ist immer gepflegt, ihre Locken glänzen wie poliert. Man will andauernd drüberfahren über diese kupferfarbene Mähne, sie in den Fingern halten, ihr Apfelshampoo riechen, sich in ihrem Haar verlieren wie überhaupt in der ganzen Frau. Wahrscheinlich gibt mir dieses Haar so sehr das Gefühl, als wäre ich endlich zu Hause, weil es mich in meine Kindheit zurückversetzt. Angeblich ist die ja prägend fürs ganze restliche Leben, besonders die Gerüche. Und der Geschmack von Essen. Und Musik natürlich auch.

Mit der Musik hatte ich Glück. Denn kaum war ich der Kindheit entwachsen, verdrängten die Beatles und die Stones dieses ländlich-liebliche österreichische Ziehharmonika- und Geigengesäusel und das Marschmusik-Umtata wenigstens aus dem damals sensationellen, neu gegründeten Radiosender Ö3. Das kann sich ja heute kein Mensch mehr vorstellen, was das für uns Junge bedeutet hat! Da hat sich ein Fenster zur Welt aufgetan in diesem muffigen Wien!

Für mich war Ö3 eine Erlösung, für die Mutter gar nicht. „Dreh die Negermusik leiser!", hat sie mit fader Regelmäßigkeit in Richtung meines Zimmers gekeppelt, weil sie den „langhaaraten Engländern" und all der anderen „Wumm-Wumm-Musik" absolut nichts abgewinnen konnte. „Nur Wumm-Wumm!", hat sie gesagt. „Und was soll das für ein Text sein, yeah, yeah, yellow submarine?", hat sie die Pilzköpfe nachgeäfft und deren Refrain kritisiert, als wären die Refrains der deutschen Schlager zwingend sinnstiftender. Uns Jungen haben die Engländer gefallen. Für mich waren sie überhaupt das erste Zeichen, dass der alte Nachkriegsmief aus dem faden Österreich langsam verschwinden und sich neue, freiere Lebensweisen bis zu uns nach Wien-Landstraße durchschlagen würden.

Die Mutter ist eben ganz anders aufgewachsen, in einem Österreich, das es ja gar nicht gab. In der Ostmark haben sie die Leute mit patriotischem Zeug betrommelt und wenn es hoch herging mit Walzerklängen. Die „Lili Marleen" mit ihrem für mich bis heute so berührenden „Vor der Laterne, vor dem großen Tor", das die schöne Marlene Dietrich berühmt gemacht hat, hat die Mutter erst nach dem Krieg so richtig kennengelernt, mehr oder weniger zeitgleich mit mir. Weil die Lili Marleen galt unter den Nazis eine Zeit lang sogar als „wehrzersetzend", das haben ja nur der Wehrmachtssender Belgrad und dann die alliierten Sender für die Soldaten gespielt, die voller Heimweh waren. Und solche Sender hat man bei meinen Großeltern nie gehört. Die waren zwar nicht gerade fanatische Nazis, aber Mitläufer waren sie schon, wie fast alle damals.

Von den Großeltern weiß ich so gut wie gar nichts. Der Opa war Uhrmacher. Der ist stets im Hinterzimmer von seinem kleinen Laden gesessen, mit einer Lupe aufs rechte Auge gepresst, und hat gekrümmt wie ein alter Ast Uhrwerke repariert. Geredet hat der nicht viel, schon gar nicht über die Politik oder die Kriegszeit. Die Oma war Hausfrau. Immer hatte sie so ein ärmelloses, geblümtes Hauskleid an. „Das schont das andere Gewand. Das bleibt dann länger gut", hat sie gesagt und die Achseln gezuckt über die bescheidenen Verhältnisse, in denen sie leben musste. Sie war aus Böhmen, aber deutschsprachig, keine Tschechin. Geredet hat sie ansonsten kaum je, nur gelächelt, jedenfalls mich angelächelt. Und sie hat sehr gute böhmische Süßspeisen fabriziert. Mohnnudeln hat sie am liebsten gemacht und manchmal auch Milchreis mit Zimt obendrauf.

Zimt hat weihnachtliche Stimmung erzeugt. Wenn ich mir heute vorstelle, wie ich mich als Kind über die drei, vier Mandarinen zum Nikolo gefreut habe, das versteht ein junger Mensch ja gar nicht mehr! Das ganze Jahr über gab es keine Mandarinen oder Orangen und auch an Zitronen kann ich mich nicht erinnern. Nur im Advent hat es für uns Zitrusfrüchte gegeben. Die Mutter hat mir zum Nikolo immer ein rotes Sackerl hergerichtet, da waren Mandarinen drinnen, Erdnüsse und ein Schoko-Nikolo. Für uns Kinder waren das damals ganz tolle Geschenke. Wenn man das heutzutage einem Kind erzählen würde, das täte einen anschauen, als spräche man vom ärmsten Dorf in Afrika.

Die Lieblingssendung von der Mutter im Radio war der Heinz Conrads. „Griaß eich die Madln, servas die Buam", ich hör's bis heute, wie er damals jeden Sonntagmorgen die Hörer begrüßt hat. Dann den Kranken Mut zugesprochen und dann ging es los mit den raunzigen Heurigenliedern und den anderen Wienerliedern, wo es dauernd ums Sterben geht. Irgendwann hat mir ein Sprachforscher, ein sehr fähiger Autodidakt, erzählt, dass es in Wien 50 Wörter und Umschreibungen für den Tod gibt, so viele wie in keiner anderen Sprache. Von „er hat die Patschen g'streckt" über „er schaut sich die Erdäpfel von unten an" bis zu meinem absoluten Favoriten „er hat den 71er g'nommen".

Als ich das neulich beim Kaffee den jüngeren Kollegen erzählt habe, haben die nur geschaut wie ein Autobus und nichts verstanden. „Na, was ist der 71er?", habe ich um Antwort heischend gefragt. Aber es kam nichts. „Eine Straßenbahn! Und wo führt die hin, diese Straßenbahn?" Große Augen haben's gemacht. „Na? Zum Zentralfriedhof fährt diese Straßenbahn!", habe ich selbst die Antwort gegeben, im Tonfall eines Lehrers für geistig Minderbemittelte. Komisch, was die Jungen alles nicht mehr wissen heutzutage. Jung und Alt verstehen einander nicht nur wegen des Altersunterschieds nicht, sondern auch wegen der schönen wienerischen Sprache, die ausstirbt, genauso wie die Wiener Kaffeehäuser, wo es eben nicht chillig, sondern gemütlich ist.

Beim Wort chillig gehe ich ja innerlich die Wände hoch. Was für ein dämliches Wort! Wie wohlig klingt doch faulenzen oder abschalten oder entspannen! Aber, um ehrlich zu sein, nicht alles ist so blödsinnig, was die Jungen mit der Sprache anstellen. Fernschimmeln, zum Beispiel, finde sogar ich witzig. Natürlich musste ich mir den Begriff erst erklären lassen von der Sally. Die mischt uns Alte ganz schön auf in der Zeitung mit ihren Ideen und ihrer Sicht auf die Welt und auch mit ihrem Neusprech. „Fernschimmeln, das ist, wenn du nicht in deinem üblichen Lokal abhängst, sondern anderswo", hat sie mir erklärt und sich wie immer ein bisserl mokiert über mich alten Knochen. „Und abhängen tut nicht nur das Rindfleisch beim Fleischhauer, gell, sondern auch der Mensch. Capito?"

Vom Heinz Conrads hat die Sally sicher noch nie gehört. Ich war ja noch ein Bub, als der berühmt wurde, und ich kann mich erinnern, dass ich bei einem seiner ständig gesungenen Lieder, dem „Schuster Pockerl", immer feuchte Augen gekriegt habe. Die Mutter auch. Der „Schuster Pockerl" war wohl das Symbol schlechthin für diejenigen, die die Politiker heute die „kleinen Leute" nennen. Arm und fleißig war er, der Pockerl. Auf seinem Schusterschemel hockend hat er unermüdlich auf die Schuhe gehämmert, die ihm die ärmliche Kundschaft gebracht hat, zum Sohlen Aufdoppeln. Der Schuster Pockerl hat nicht geraunzt, vom Leben nichts verlangt, er war ein fleißiger, bescheidener, stiller Mann. Und eines Tages hat er mit seinem Hammer das letzte Mal auf einen Schuh geklopft, ist von seinem Schemel gekippt und war tot.

Heutzutage sind die kleinen Leute nicht mehr stumm. Heute lassen sie sich nichts mehr gefallen, heute begehren sie auf. Jetzt haben wir die Wutbürger und die Schreihälse und die, die „denen da oben", dem „Establishment" und der „Hautevolee" nichts mehr durchgehen lassen wollen. Ich finde das gut, dass sich die Leute nicht mehr wie Untertanen benehmen. Wir haben den alten österreichischen Bauernstaat abgeschüttelt. Aber jetzt schlägt das Pendel ein bisserl zu weit in die andere Richtung aus. Was die Leute fordern, ist manchmal schon besorgniserregend, jedenfalls für einen moderaten Menschen wie mich. Und für einen Historiker, wie ich einer bin, erst recht. Das richtige Maß ist in unserer Gesellschaft verloren gegangen. So etwas hat in früheren Zeiten noch nie zu etwas Gutem geführt.

Aber was geht es mich an? Mir geht es gut, richtig gut. Ich verdiene wirklich ordentlich. Ich habe die billige Wohnung von der Mutter, die ist fast zu groß für mich. Relativ ruhig ist sie auch, jedenfalls dann, wenn der Serbe von gegenüber nicht seine Frau niederbrüllt und die Araber im Erdgeschoß keine Gäste haben und herumschreien wie am Basar in Kairo. Wenigstens kann ihr kleiner Abdullah ordentlich Deutsch, wenn seine Eltern schon so kulturfremd angezogen sind mit ihren bodenlangen Gewändern und mit ihrem Glitzervorhang mit Rüschen vor dem Doppelfenster. Aber gut, das geht mich nichts an. Ich kann ja wegschauen, wenn mir der Geschmack von denen nicht passt.

Hach, wie gerne hätte ich die Sonja noch neben mir liegen! Dann würde ich an ihrem Haar riechen wie an einem teuren Parfüm. Wenn die Mutter ihre Haare frisch gewaschen hatte, dann habe ich mich immer gut gefühlt als Kind. Da war ein Gefühl der Geborgenheit da, ein Zuhausesein, geschützt in den eigenen vier Wänden. Geschützt vor dem oft doch einigermaßen bedrohlichen Draußen.

Richtige Badezimmer hatten damals die wenigsten, da gehörten wir schon zu den Privilegierten mit unserem von der Küche mit diesem leicht stinkigen Plastikvorhang abgetrennten Badezimmerchen mit Waschbecken und einer ordentlichen Wanne, nicht so einer Sitzbadewanne, in der man nur kauern konnte. Die meisten hatten damals in Wien gar kein Bad und oft nur ein Gangklo und man ist sich bei Eiseskälte oder nachts auf dem Weg zur Notdurft am Gang begegnet, das weiß ich aus Erzählungen von Leuten, denen es schlechter ging als uns. Wir hatten ein eigenes Klo, sogar mit Fenster auf den Gang, sodass man lüften konnte. Den Gang haben wir Balkon genannt. Eigentlich war er eine Pawlatschen, ein Gang vom Stiegenhaus zur Wohnung. Breit genug für einen Sessel, einen schmalen Tisch und ein paar Blumentöpfe.

In denen hatten wir im Sommer Petersilie, Schnittlauch und Tomaten. Es gab ja damals nicht viel, da war man mit den Erträgen vom Balkon schon sehr gut bedient. Ein frisches Schnittlauchbrot, das war eine Delikatesse.

Das Brot heutzutage ist ja nichts wert, jedenfalls nicht das aus dem Supermarkt. Keine Kruste, kein Geschmack, weich wie ein Schwamm, nach drei Tagen zum Wegschmeißen. Mit den Semmeln ist es noch viel ärger. Die sind schon weich wie das amerikanische Zeug für die Hamburger, noch ehe du aus dem Supermarkt draußen bist. Schon seltsam, da gibt es hunderttausend Hygieneregeln und Kontrollen in den Geschäften, aber das Zeug schmeckt immer öfter nach nichts. Tomaten schauen zwar großartig aus, aber mit geschlossenen Augen hat man keine Ahnung, was man da zu sich nimmt.

In unserem Haus gibt es bis heute in jedem Stockwerk eine Bassena. Aber die sind alle hinter Holzwänden versteckt, und verwendet hat die, seit ich denken kann, niemand mehr. Nicht einmal die Messerschleifer, die damals einmal im Monat gekommen sind, sich im Hof aufgepflanzt haben und „Messer, Scheren, Hacken, schleiiiiifen!“ gerufen haben. Dann sind die Leute hinunter in den Hof und haben alles schleifen lassen, was man schleifen lassen konnte. „Zigeuner sind das“, haben sie im Haus hinter dem Rücken der Messerschleifer getuschelt. „Da musst aufpassen wie ein Haftlmacher, dass nix wegkommt!“

Witzig, was einem alles einfällt, wenn man im Bett liegt und noch ein bisserl Zeit hat, ehe man raus muss. Manchmal sind auch Fremde in den Hof gekommen mit einem Leiterwagen und haben die Bewohner mit dem Ruf „Hadern!“ angelockt. Dann haben die Leute alles hinuntergebracht, was sie nicht mehr brauchen konnten, vor allem Hadern, also alte Kleider, aber auch Hausrat, meistens, wenn jemand gestorben war und eine Wohnung ausgemistet werden musste. Da kommt sicher das Schimpfwort Haderlump her, aber das kennt ja heute auch kaum noch jemand.

Ein normaler Haushalt hatte ja nichts zu verschenken und auch kaum je etwas wegzuwerfen, wir hatten ja wirklich nicht viel und auf das Wenige haben wir geachtet, bis es zerfallen ist. Es war alles irgendwie viel kostbarer als heute, sogar jeder Naturbesen und jedes Blechschauferl. War aber trotzdem eine schöne Zeit damals. Ich kann mich nicht erinnern, dass mir irgendetwas wirklich abgegangen wäre, nicht einmal Taschengeld, denn das bekam ja sonst auch niemand, den ich damals gekannt habe.

Vielleicht sehe ich diese Zeit aber auch nur so rosarot, weil ich verliebt bin. Und weil es meine Kindheit und meine Jugendzeit war. Da ist man bald einmal zufrieden mit dem Leben. Da kennt man ja noch nichts anderes, kennt den Neid nicht und nicht diese schreckliche Eigenschaft des Menschen, nie zufrieden zu sein mit dem, was er hat. Das ist heute leider ganz anders. Da wissen schon Zweijährige, wie man mit der Fernbedienung umgeht und wischen mit ihren winzigen Fingern auf den Screens herum, als wären sie mit dem technischen Zeug auf die Welt gekommen, von dem man alle Augenblicke ein neues Modell braucht.

Und alle wollen das, oder fast alle. Nur ich nicht. Ich bleib' bei meinem alten Handy, bis es den Geist aufgibt. Weil die Werbung mit ihren Verlockungen vom endlos neuen Glitzerklumpert prallt an mir ab, gegen die bin ich absolut immun. Warum sollte ich auch all den Schmarren kaufen, den die Wirtschaft erzeugt, nur damit sie neuen Schmarren erzeugen kann, den ich dann wieder kaufen muss, damit das Wirtschaftswerkl funktioniert? Nicht mit mir, ich bin ja kein Trottel!

Mit den neuen Handys können die mich ganz besonders gern haben, weil ich bin ja beinahe sozialtot. Auch dieses Wort habe ich von der Sally gelernt. „Sozialtot, Karl, bist du nicht ganz", hat sie mir erst vor ein paar Tagen einen Hauch Moderne attestiert. „Weil du bist ja angemeldet auf Facebook und auf Twitter. Folglich bist du nicht sozialtot, sondern nur sozialstumm, sozusagen. Sozialtot bist du, wenn du die Social Media ganz verweigerst. Und du liest ja auf denen heimlich herum."

Da fällt mir dieses Kind ein, das ich kürzlich im Museum gesehen habe. Das konnte kaum gehen, wurde vom Vater am Arm getragen und hat krähend auf ein Bild mit Segelbooten gezeigt. Als der Mann endlich hingegangen ist zu dem Gemälde, hat dieses winzige Kind mit seinem Zeigefinger herumgewischt, weil es offenbar dachte, es könnte die Boote verschieben. Ich habe nicht gewusst, ob ich lachen soll oder traurig sein darüber, dass ich in einer Wisch-und-weg-Gesellschaft gelandet bin. Am irrsten ist dieses Wisch-und-weg bei Tinder. Auch das habe ich natürlich durch die Sally kennengelernt. Sie hat mir diese Sex-Partnerbörse auf ihrem Handy gezeigt. „Schau, das geht ganz einfach: Wenn mir einer gefällt, wische ich nach rechts. Und wenn er mir nicht gefällt, nach links und schwupps, ist er im Nirwana gelandet." – „Und das findest du okay, jemanden einfach in den Mistkübel zu wischen?", habe ich sie verdutzt gefragt. „Wieso nicht, der macht mit mir ja das Gleiche!", hat sie lachend gesagt.

Bin ich froh, dass ich jetzt nicht mehr jung bin! Alle in meinem Alter, mit denen ich rede, sagen, sie hatten eigentlich eine schöne Kindheit. Aufgenähte Flecken auf den zerrissenen Hosen, keine Plastikspielsachen, kaum Kinderbücher, aber Holzlego, mit dem man Fantasieburgen gebaut hat mit den anderen Buben aus dem Haus und ein Gemeinschaftsgefühl hatten wir auch dabei, denn wir sind uns ja in echt gegenübergesessen und nicht nur als Foto auf dem kleinen Handybildschirm. Fad war uns nie.

Beim Fußball im Hof war ich immer ein bisserl patschert, da ist mir oft der Ball vor dem Fuß liegen geblieben und der Schlapfen ins Tor gedonnert. Da haben mich die anderen aufgezogen, aber eine Hetz war's trotzdem. Heute gingen Eltern von so einem Kind gleich zum Kinderpsychologen, weil ihr hochbegabter Nachwuchs ausgelacht wurde und jetzt sicher ein Trauma fürs ganze Leben hat! Lauter kleine Egomanen-Waserln erzeugen diese Eltern. Wie würde ich der Sally Waserl erklären, weil dieses Wort würde sie hundertprozentig nicht verstehen, genausowenig wie die Sonja? Ängstliche Person heißt das wohl auf Hochdeutsch und Angsthaserl auf Wienerisch.

Jetzt ist die Wärme von der Sonja gänzlich aus dem Bett verschwunden, wie schade. Das verstehe ich nicht an der Sonja, dass sie so unglaublich penibel ist mit dem Aufstehen. „Um 6:30 Uhr muss ich raus", sagt sie immer wie eine überkorrekte Deutsche, dabei ist sie doch aus Moldawien und nicht aus Preußen! „Du hast eine preußische Seele", sage ich ihr dann. „So gründlich und genau wie eine Preußin!" Was eine Preußin ist, wusste sie natürlich anfangs nicht. Aber dass die Deutschen gründlich sind, das hat sich bis in das kleine Moldawien herumgesprochen.

Wenn ich sage, „geh, bleib doch noch liegen", dann wird sie fast ein bisserl grantig, löst sich aalglatt aus meiner Umarmung und weg ist sie.

Wenn die Mutter Haare gewaschen hatte, immer am Sonntagnachmittag, bin ich auf ihren Schoß geklettert und habe mit den nassen Strähnen gespielt, so lange, bis sie luftgetrocknet waren und die Mutter mich von sich gestoßen hat, weil so eine Kuschlerin war sie ja nicht. Dann hat sie sich diese strenge Aufsteckfrisur gemacht, die damals fast alle Frauen hatten, die ich vom Sehen gekannt habe. Dutt hat man gesagt. Den haben sich die Frauen selber machen können, da musste man nicht zur Friseurin.

Das hat sich nicht geändert, dass die jungen Mädels, für die das Gymnasium nichts gewesen wäre, Friseurin werden wollen. Da können sich die Behörden noch so bemühen, denen andere Berufe schmackhaft zu machen, vor allem so typische Männerberufe wie Mechaniker, die meisten Mädchen mit ohne Bildung werden noch immer Friseurin. Na ja, es dauert eben ein, zwei Generationen, bis gewisse eingefahrene Denkmuster überwunden sind, das weiß man ja als Historiker.

Coiffeur, Trottoir, all diese schönen alten Wörter sterben aus. Heute sagt man Gehsteig oder gleich Fuzo, weil die Fußgängerzonen nehmen überhand und abgekürzt wird auch alles, weil wir haben ja keine Zeit mehr heutzutage, nicht einmal mehr für längere Wörter. Und die Friseurinnen taufen ihre Läden Haircut oder Kopfwerk oder HairArt oder Hair Dreams, nur ja nicht Friseur, weil man will ja mit der Zeit gehen. Ich mag das nicht, dass nichts mehr so heißt, wie es einmal geheißen hat in unserer Sprache.

Manchmal verstehe ich nicht einmal mehr, was die Chefitäten in der Zeitung reden vor lauter Englisch-Neusprech. „Wir haben einen smarten Move gemacht", hat unlängst so ein Management-Depp in der Redaktionsversammlung gesagt. Zuerst habe ich nicht einmal verstanden, dass das Englisch war! Dann hat er etwas von einem „activity-based workplace" gefaselt, den sie in ein paar Jahren planen. Und dass sie das „Facility-Management outgesourct" haben, hat er uns auch noch erzählt, als er eigentlich sagen wollte, wir haben jetzt eine Putzfirma engagiert, die ist billiger. Mittlerweile kenne ich diese Englisch-Schmähs, aber am Anfang war das eine Fremdsprache für mich. Nicht das Englische, mein Englisch ist ja ganz passabel, sondern seine vertrottelte Invasion ins Deutsche.

Seit das Facility-Dings ausgesourct wurde, tummelt sich der Lurch zwar unter den Bücherregalen, aber das ist der Chefetage wurscht, die surft auf der Welle des economical success. „Wir müssen da auch succeeden", sagt der Online-Chef alle Augenblicke, der grundsätzlich sehr genau auf seine Work-Life-Balance achtet und aktiv recht wenig beiträgt zum success der Zeitung. Der alte Chefredakteur hat wenigstens den guten, alten amerikanischen Spruch drauf: „Nothing succeeds but success!" Und das stimmt auch. Erfolg macht erfolgreich. Heute mehr denn je.

Aber der Onliner ist eben ein Trottel! Trottel sagt man ja auch nicht mehr, das heißt jetzt Person mit Teilleistungsschwäche. Oder mit ohne Intelligenzhintergrund. Und die, die nichts verstehen, die sind jetzt die bildungsferne Schicht. Ich sag' noch immer Proleten, aber da wird man heutzutage gleich schief angeschaut, wenn man etwas beim Namen nennt. Die Personen mit ohne Intelligenzhintergrund, die jede Schule geschmissen haben und Kinder produzieren mit Berufswunsch AMS, die werden uns, die wir noch etwas gelernt haben, noch überrollen wie die Flüchtlingswelle.

Bei allem Verständnis für die einfachen Leute mit ihrem berechtigten Ärger über viele Dinge, die nicht gut laufen in der Politik und in der Gesellschaft, weil die sind ja meine Hauptkundschaft: Aber wenn ein Drittel der Österreicher in einer Umfrage angibt, sie könnten auch Kanzler, da fragt man sich schon, ob die wo angedonnert sind! Die würden ja nicht einmal physisch das Tagespensum derschnaufen, das diese Politiker haben. Das weiß ich sehr gut, ich habe oft genug Politiker begleitet. Und man mag sie für alles Mögliche halten, aber Kondition haben sie! Und ein gutes Gedächtnis auch. Allein, wen die aller erkennen können müssen, auf der Straße, im Restaurant, auf ihren Versammlungen. Das könnte ich nicht. Aber ich bilde mir eben auch nicht ein, ich könnte mal einfach so Minister.

In Amerika und in England kann man sich schon anschauen, was herauskommt, wenn die Deppen die Demokratie, jedenfalls die Wahlurne entdecken und ihre eigene Wut zum Maßstab nehmen. Mein Gott, früher war Amerika das gelobte Land für uns und wir haben ungeduldig gewartet, dass die Erfindungen von dort endlich zu uns kommen. Fünf Jahre später, das wusste man dann auch bald einmal, waren sie in Österreich. Mit den Blue Jeans hat es angefangen. So eine musste man einfach haben! „Arbeiterg'wand!" hat die Mutter den Kopf geschüttelt, als ich sie um so eine Hose angebettelt habe. „Wieso zieht ihr euch ein Arbeiterg'wand an und glaubt's, das wäre schick?!"

Nach Amerika wollte damals niemand von uns, das erschien uns utopisch weit weg. Aber nach England wollten wir alle, schon allein wegen der Beatles und wegen der Leichtigkeit des Lebens von den Hippies, die sich einfach nichts mehr gepfiffen haben um Kleiderordnung und Haarschnitt und alles Klassische, von den Manieren bis zur Musik. Einmal im Hyde Park stehen, am Speakers' Corner, und die eigene Meinung in die Welt hinausposaunen, das war ein Traum von mir. Und was ist heute? Kein Mensch braucht mehr eine Ecke im Park! Heute schnappt man sich das Handy und rülpst seine Meinung in die Welt, noch ehe man sie sich gebildet hat.

Und was ist heute mit England? Heute flüchten die Leute von der Insel, nur weil die Mehrheit auf die Lügen von ein paar ordentlichen Lügenbaronen in der Politik hereingefallen ist. Wir auf dem Festland sind das, was Großbritannien immer über uns gesagt hat: Europe. Und sie werden „die Insel". Die werden sich noch wundern, wenn sie draufkommen, dass die einzige Insel der Seligen unser Österreich war, all diejenigen, die den Populisten und dem Boulevard auf den Leim gegangen sind! Man muss sich als Journalist leider auch eingestehen, dass die Rolle der Medien bei der Hysterie um die EU keine gute war. Aber wir in Österreich haben ja zum Glück nicht so furchtbare Medien wie die in Großbritannien. Selbst wir vom Boulevard sind in Wahrheit seriös, auch wenn wir vielleicht bei den Headlines manchmal ein bisserl zu weit gehen nach meinem Geschmack.

Wir zum Beispiel haben damals sogar wochenlang für die EU kampagnisiert, vor dem Beitritt im 1994er-Jahr. Unsere Chefetage wusste genau, dass das gut für die Wirtschaft ist und dass sie mitnaschen werden am ökonomischen Erfolg, wenn Österreich in dem Verein Mitglied wird. Es war nicht zuletzt unserer Zeitung zu verdanken, dass zwei Drittel der Österreicher in die EU wollten. Also damals war es genau genommen noch die EG, die Europäische Gemeinschaft.

Nicht einmal unser österreichischer Brüllboulevard ist so niveaulos wie das, was sich in England Newspaper nennt.

Diese Medien haben die Engländer deppert gemacht, das waren nicht nur Politiker mit irren Frisuren und ebensolchem Blick. Da bin ich schon sehr froh, dass meine Zeitung ihr Niveau hält. Wir sind ein seriöses Boulevardblatt. Am Boulevard ist ja nichts Schlechtes, es muss auch Zeitungen geben, die die einfachen Menschen verstehen. Seriös kann man ja trotzdem sein.

In Amerika sitzt jetzt einer im Weißen Haus, der hätte früher nicht einmal Portier werden können im Allerheiligsten der Macht. Ein Oberproll mit seiner Proll-Sprache und seiner chirurgisierten Frau, diesem Jugo-Import, hat die Amerikaner wucki gemacht. Wenn ich mich erinnere, was das für eine Diskussion war, als sich der Bill Clinton ohne Sakko im Oval Office hat fotografieren lassen! Ja, das geht doch nicht, der entweiht doch das Allerheiligste, hat der Chefredakteur entsetzt gesagt. Ohne Sakko im Oval Office! Und sogar recht fortschrittliche Kollegen haben damals aufgejault beim hemdsärmeligen Clinton. Wobei: Entweiht hat der das Oval Office später schon, mit der dicken Praktikantin, aber bitte. „Oral Office" haben wir's dann getauft, aber natürlich nur unter uns Journalisten. Geschrieben hätten wir das nie, hätten ja auch nicht so wahnsinnig viele unserer Leser verstanden, und außerdem wäre es damals, in der Clinton-Ära, noch viel zu despektierlich gewesen. Heute gibt es ja vor nichts und niemandem mehr Respekt. Nicht einmal vor den Funktionen, wenn schon nicht vor den Leuten, die sie innehaben.

Ich weiß sogar noch, was das für ein Theater war, als der John F. Kennedy seine Kinder ins Oval Office gelassen hat. Das geht doch nicht, dass da Kinder spielen, wo doch dort die wichtigsten Entscheidungen für die ganze Welt fallen, hat es geheißen. Natürlich nur bei den Alten, bei dieser Kriegsgeneration, die ist ja so wahnsinnig an Symbolen und Äußerlichkeiten gehangen, das war richtig pervers manchmal, die konnten ihr enges Moralkorsett nicht ablegen, egal, wie schmerzhaft es sie eingeschnürt hat. Ich habe das Foto so gemocht, wo der kleine Kennedy im offenen Fußteil vom Präsidentenschreibtisch gekauert ist mit einem Bubenlächeln. Und am Schreibtisch saß der fesche Vater und hat für den Fotografen so getan, als würde er arbeiten. Da habe ich geahnt, dass die Zeiten besser werden, lockerer werden, dass diese ganzen sinnlosen Verbote fallen werden, auch bei uns.

Aber dass das Pendel innerhalb von einem halben Jahrhundert dann wieder so in die Gegenrichtung ausschlägt, hin zu diesem Trump mit Abtreibungsdebatte und Nationalismus und Rassismus, das hätte ich mir in meinen irrsten Träumen nicht ausmalen können! In der Wahlnacht habe ich mich so um zwei mit der Hillary als Präsidentin schlafen gelegt und um sieben bin ich mit dem Trump als Präsident aufgewacht. Ich hab' damals gedacht, ich hätte zu viel Restalkohol im Hirn, als ich in der Früh den Fernseher wieder aufgedreht habe. Das war so unvorstellbar, auch und gerade für einen Journalisten wie mich, dass so ein Emporkömmling es wirklich bis nach ganz oben schafft! Und das mit diesem Twitter und dem Facebook und dem Rassisten- und Verleumdungsmedium Breitbart und nicht mit einem vernünftigen Programm.

Was an diesen Social Media sozial sein soll und was daran ein Medium, ist mir ein Rätsel. Social Media, was soll das überhaupt sein? Das hat doch alles mit Journalismus nichts zu tun und auch nicht mit Information. Da kann doch jeder hineintippen, was ihm grad durch den Kopf geht, ohne jede

Kontrolle, ohne Re-check, ohne Double Check. Und die Leute glauben, was da steht! Allein, wenn ich höre, da gibt es eine Diskussion auf Twitter, egal über was, kann ich nur den Kopf schütteln. Wie, bitte, will man mit 280 Zeichen eine Diskussion führen?

Allein schon wegen all dieser Deppen-Meinungen bin ich nicht aktiv auf Twitter und auf Facebook. Mitlesen bei Politikern und bei manchen Kollegen muss ich natürlich schon, weil auf Facebook kriegt man, wenn man die Millionen Katzenfotos überlebt hat und den „Food Porn", wie das gepostete Fressen so absurd benamst wird, die Stimmung der Leute mit und auf Twitter, worüber die Journaille sich grad das Maul zerreißt und was der Trump oder unsere Trumpisten ankündigen. So gesehen sind es schon Informationsquellen, aber mehr über die Stimmung, nicht über die Fakten. Aktiv würde ich mich niemals einbringen in dieser elektronischen Schlammschlacht für Leute mit zu viel Zeit und zu wenig Ahnung und für diese grässlichen Rechthaber aus meiner Branche.

Wir in Österreich müssen wirklich aufpassen, dass uns nicht auch so eine Massenverblödung passiert wie den Angloamerikanern, da haben wir Journalisten eine große Verantwortung! Aber ich war ja eigentlich bei den dummen Anglizismen, die wir uns in die Sprache importiert haben. Die Computer in der Redaktion dürfen die Facility-Ladys, vormals Putztrupp, gleich gar nicht angreifen, das gehört nicht zu ihrer Job-Description, da könnten sie ja etwas Out of Order bringen. Die Tastatur von den meisten Kollegen starrt seither vor Dreck und man liest ja immer wieder, dass auf diesen Tastaturen mehr Kolibakterien wohnen als in der Klomuschel, aber darum schert sich keiner mehr.

Meine Tastatur putze ich jede Woche mit einem Desinfektionsspray. Und ich schau' drauf, dass sich niemand anderer an meinen Schreibtisch setzt. Da bin ich vielleicht ein bisserl eigen, aber das mag ich nicht, wenn da jemand Fremder seine Spuren hinterlässt. So eine Legebatterie, wie das jetzt große Unternehmen haben, ganz ohne eigene Zimmer, wo jeder nur ein Wagerl mit seinen wichtigen Besitztümern hat, Trolley würden die dort sagen, so ein Büro wäre nichts für mich. Ich will mein Zimmer haben und meinen Schreibtisch und meinen Computer. Und ein Fenster, das man öffnen kann.

Ich brauche meine gewohnte Umgebung und Wände um mich herum. Deshalb ist auch bei mir zu Hause alles, wie es immer war. Die Sonja hat sich sogar ein bisserl lustig gemacht über meine Tapeten. „Wie in diesen alten Filmen aus den 1970er Jahren", hat sie gemeint. „Wie beim Mundl!" Ja, stimmt schon, diese dunklen Rhombentapeten hat heute wohl niemand mehr. Aber sie sind noch gut, ich habe ja kein Haustier, das da herumscharren könnte und selber schau ich auf meine Sachen. Warum sollte ich die Tapeten wegtun, nur weil man jetzt in der Werbung Wände ohne Muster hat?

Vielleicht mache ich auch deshalb immer die Schlafzimmertüre zu, wenn ich ins Bett gehe, weil ich gerne geschützt bin. Die Sonja lacht darüber. „Vor wem schließt du uns denn ein?", fragt sie dann und schaut mich ein bisserl mitleidig an. Aber ich finde, es gehören die Rollos am Abend herunter und die Türe geschlossen, dann fühle ich mich gut im Schlafzimmer. Die Sonja wird sich schon noch daran gewöhnen. Und sie wird ja auch verstehen, dass man einen Mann in meinen Alter nicht mehr ändern kann, sie ist ja selber auch schon 46. Und ich bin doch schon 62.

Erst zum zehnten Mal hat sie die ganze Nacht mit mir verbracht, bei mir zu Hause. Dabei kennen wir uns schon fast ein Jahr. Sie ist das Beste, was mir im Leben passiert ist, diese kurvige, anschmiegsame, weiche Person. Eine echte Frau, nicht so ein Klappergerüst, wie die Werbung vorgaukelt, dass Frauen zu sein hätten. Kleiderstangen, nicht menschliche Wesen. Für die Werbung wäre die Sonja auch viel zu klein. Aber für mich ist sie perfekt, ich bin ja auch nicht übermäßig groß. Groß genug für einen Mann meines Alters. Aber heutzutage überragen mich selbst die jungen Frauen um einen halben Kopf.

Früher, in meiner Jugend, gehörte ich zu den Größeren. Keiner hat mich je wegen meiner 1,74 gehänselt. Da waren andere Mängel schon eher ausschlaggebend. Zum Beispiel, dass ich nicht gut Fußball spielen konnte. Zwei linke Füße und zwei linke Hände. Raufen konnte ich deswegen auch nicht. Irgendwie war ich weder flink noch gelenkig genug, und wenn ich ehrlich bin, hat mir auch der Biss gefehlt. Ich war zwar kein richtiger Duckmäuser, aber ein Draufgänger war ich auch nicht. Nur: mit ein bisserl Anpassung, quasi stromlinienförmig, kommt man auch so durchs Leben.

Wenn ich mein Leben noch einmal leben könnte, dann würde ich mich mehr trauen. Öfter mal nein sagen, andererseits aber auch öfter einmal etwas riskieren, gerade bei den Frauen. Da habe ich doch viel versäumt, das weiß ich aber erst jetzt und so gesehen ist es auch egal, ob ich viele Frauen hatte oder eben nicht. Jetzt habe ich die Richtige, das ist das Einzige, was zählt. Man ist schon wirklich mehr ein Ganzes, wenn man nicht alleine ist. Und zugeben muss ich auch, es macht alles mehr Spaß, wenn man zu zweit ist. Sogar wenn man nur spazieren geht. Welcher Mann geht schon allein spazieren, wenn er keinen Hund hat?

Jetzt gehe ich richtiggehend gern spazieren, vor allem auf der Prater Hauptallee. Welcher Großstädter hat schon das Glück, in einer Stadt mit so viel Grün zu leben? Von meiner Wohnung bis zum Prater sind es mit dem Auto bei wenig Verkehr 20 Minuten. In Paris ist man nach 20 Minuten noch immer mitten in Paris. Und in Tokio sieht man vom Rathaus kein Ende des Häusermeers, egal, in welche Richtung man schaut, das habe ich ja selber erlebt. In Peking sieht man sowieso nichts, wegen der Luftverschmutzung. Bei uns weht fast immer ein angenehmes Lüfterl und wir brauchen keinen Mundschutz.

Das geht mir in der Zeitung enorm auf die Nerven, dass die Leute jedes Mal, wenn Wien in einem internationalen Ranking auf Platz eins in Europa liegt, herumkritisieren. „Aber Tokio ist sauberer", hat einer zu meiner Story auf Online prompt kommentiert. Ja, dort steigt man sauber über Obdachlose, die in Kartons leben, du Trottel, hätte ich gern geantwortet, aber das dürfen wir ja nicht! Die Leser belehren ist strengstens verboten. In die U-Bahn in Tokio wird man hineingeschoben wie die gefüllten Paprika in die Konservendose, das hat der Depp wohl nicht bedacht. „Wien ist voller Slums! Da kann man sich ja nicht hintrauen!", hat ein anderer geschrieben. Und wo kommt der her? Aus Sachsen! Und war noch nie in Wien! Da möchte man schon gern zurückschreiben: Idiot! Bleib ja zu Hause in deiner AfD-Hochburg und setze nie einen Fuß in unsere schöne Wienerstadt! Aber das kann ich natürlich nicht machen, so etwas traue ich mich bis heute nicht. Obwohl: Verdienen täten sich's manche Leute. Die rütteln ja richtiggehend am Watschenbaum!

Ich glaube, diejenigen, die sich weniger angepasst haben als ich, die sich nix gepfiffen haben, wie man auf Wienerisch sagt, die hatten mehr vom Leben. Das sagt ja auch die Altersforschung. Die ganz Alten, die, bei denen der Tod schon ums Haus schleicht, die die Wissenschaftler befragt haben, was sie bedauern in ihrem Leben, die sagen alle, sie bedauern, was sie versäumt haben und nicht, was sie getan haben. Und dass sie mehr die Liebe und weniger die Karriere wichtig finden, retrospektiv betrachtet. Da habe ich richtig Glück, dass ich in meinem Alter noch umsteuern kann, das Ruder herumreißen dank der Sonja. Ach, wenn sie doch noch neben mir läge, meine Sonja!

So wirklich intensiv begegnet ist mir die Liebe früher nicht. Dabei hatte ich schon Möglichkeiten. Aber irgendwie war die Richtige nicht dabei, der Funken ist nicht so recht übergesprungen bei mir. Und eigentlich wollte ich ja hauptsächlich ein anderes Leben als die Mutter hatte, eines mit mehr Geld und einer Karriere, das war wichtiger als eine Ehe und womöglich Kinder. Kinder habe ich nie sonderlich gemocht, schon als Kind nicht. Kleine Kinder sind gemein. Noch nicht erzogen, weder von den Eltern noch vom Leben. Kinder, Katzen, Hunde, das war nie mein Wunschziel, schon viel eher ein Türtaferl mit meinem Namen, meinem Titel und meiner Funktion.

Karrieremäßig ist mir wirklich viel gelungen für das, wo ich herkomme. Wir waren ja nicht gerade ein intellektueller Haushalt. Die Bibel, den Pschyrembel, den ich bis heute habe und wo ich gern nachschaue, wenn ich irgendeine Kleinigkeit habe und nicht extra zur Hausärztin pilgern will, meine Kinderbücher, das war's. Dann hat die Mutter diese Readers Digest-Hefte abonniert, die waren mein erster Ausguck in die Welt. Das werde ich nie vergessen, wie ich in einem dieser Hefte die

Pygmäen entdeckt habe. Aus der Readers Digest-Reportage habe ich dann sogar meinen ersten Vortrag im Gymnasium herausdestilliert. Da haben alle mit offenem Mund zugehört, weil von den Pygmäen wussten die alle nichts.

Jahrzehnte später konnte ich die Pygmäen ja sogar besuchen, in Ruanda. Die waren schon kleinwüchsig, aber so winzig wie das im Readers Digest beschrieben war, waren sie auch wieder nicht. Eingeschlagene Nasen haben sie aber wirklich, die haben schon ausgeschaut wie die Wilden. Viel wilder als die Hutus und die Tutsis. Dabei haben ja die Hutus die Tutsis zu Hunderttausenden niedergemetzelt und nicht die Pygmäen. Wegen ihres Aussehens und ihrer Faulheit waren die Pygmäen auch nicht sonderlich beliebt in Ruanda. Na ja, wie das halt mit jeder Minderheit so ist. Jedes Volk auf der Welt hat seine Pygmäen.

Wir hatten nicht nur kaum Bücher, wir hatten auch ewig kein Auto und keinen Fernseher, nur den Radioapparat auf dem Tischerl mit der Stehlampe, wo im unteren Fach das Telefonbuch gelagert war. Ein Vierteltelefon hatten wir schon recht früh und ich wüsste bis heute, wie man einen anderen Vierteltelefonteilnehmer mit einer Nähnadel aus der Leitung wirft. Die andere Methode war, bei abgehobenem Hörer im Stakkato auf die Gabel zu trommeln. Kann sich heute kein Junger mehr vorstellen, dass man nicht in der Sekunde ins Telefon quasselt, in der man Lust dazu hat. Unsere erschwerten Bedingungen hatten aber auch einen riesigen Vorteil. Es hat nicht die ganze Welt an Logorrhö laboriert. Bis heute passiert mir das auf der Straße, dass ich mir denke, da kommt mir ein Verrückter entgegen, der mit sich selber spricht, bis ich bemerke, der hat einen Stöpsel im Ohr und ein Mikro am Hals.

Gelungen ist mir meine Karriere, weil ich mich angestrengt habe, weil ich meine Arbeit ordentlich gemacht habe und weil ich gewusst habe, dass ich ein guter Journalist werden will. So wie der, der immer in der Tageszeitung geschrieben hat, die die Mutter fast jeden Abend nach Hause gebracht hat von der Arbeit. Ein Journalist, der auch etwas bewegen kann im Land, das wollte ich werden und das bin ich auch geworden.

Immerhin steht mein Name fast jeden Tag in der Zeitung. Wer kann das schon von sich sagen?! Ich stehe sogar öfter in der Zeitung als der Bundeskanzler, weil ich schreibe ja fast jeden Tag eine Geschichte. Nicht immer eine große, aber auch nie eine unwichtige. Und ich werde gelesen! Natürlich habe ich nicht mehr Macht als der Bundeskanzler, aber wer glaubt, ich wäre machtlos, nur weil ich ein bisschen unauffällig bin und nicht so vorlaut wie die meisten Kollegen, der kennt die realen Verhältnisse nicht. Gegen uns von der Zeitung macht keiner Politik, das wissen die auch alle, diese Politiker! Und das ist gut so, weil wir vertreten die normalen Leute. Die Politiker sind von denen ja oft so weit weg, dass man glauben könnte, sie lebten auf einem anderen Planeten.

Wir von der Zeitung gehen hinaus zu den Leuten, wir schauen denen aufs Maul, wie man so sagt und wir bieten denen ein Forum in der Leserbriefecke und online. Da können die ihren Unmut äußern und wir streichen nur etwas heraus, wenn es zu arg ist, wenn es gegen die Gesetze verstoßen würde. Die Leute schreiben uns deshalb so gerne, weil sie bei uns ernst genommen werden. Das finde ich sehr wichtig in einer Demokratie. Man muss die Leute ernst nehmen mit ihren Sorgen und Ängsten. Und man muss ihnen zuhören. Natürlich muss man sie auch vorsichtig in die Moderne führen. Aber mit Aufklärung, nicht, indem man drüberfährt über sie oder wie diese grüne Chaotenpartei ununterbrochen alle bevormundet. Das rächt sich, siehe Amerika und England. Da schlägt das Pendel mit einer solchen Wucht in die Gegenrichtung, dass man sich vor manchen Auswirkungen nur fürchten kann.

Wo war ich eigentlich? Ach ja, im Hof bei der Klopfstange, die unser Fußballtor war. Als ich dann schon in der letzten Volksschulklasse war, bin ich vom Haus in den Stadtpark übersiedelt zum Spielen. Dort hat es einen richtigen Fußballplatz gegeben, mit zwei ordentlichen Toren und einer anständigen Umzäunung. Jetzt gibt es so ein Geviert in jedem besseren Beserlpark, vor allem in den äußeren Bezirken, damit sich die Migrantenbuben auspowern können. Richtige Österreicher sieht man da ja nicht, diese Zwinger gehören denen aus der zweiten, dritten Zuwanderergeneration und seit der Flüchtlingswelle auch diesen Asylanten.

Und was passiert? Da kommen die aus dem Krieg, und statt dass sie dankbar sind für all die Sicherheit bei uns, die soziale und die innere Sicherheit, prügeln sich die Araber mit den Tschetschenen und die mit den Afghanen und die Jugos sind schon so verweichlicht wie unsere, die ziehen den Schwanz ein! Klar gibt es auch sehr nette unter den Asylanten, aber die anderen, die hätten wir nicht wirklich gebraucht! Kann man sich halt nicht aussuchen, wer da kommt, wenn es keine Grenzen gibt und keine Kontrollen.

Das war nicht gut, dass sie die Grenzkontrollen nicht gemacht haben, die Politiker. Das hat zu viel Unsicherheit geführt im Volk. Und das ist kein guter Zustand, weil dann werden die Leute auch bald einmal aggressiv. Nicht weil sie böse sind, das sind die ja überhaupt nicht, immerhin gehören wir seit Jahrzehnten zu den größten Spendern auf der Welt, wenn es irgendwo eine Katastrophe gibt. Aber die Leute sind verunsichert worden. „Wir wollen wissen, wer da kommt!", haben sie uns hundert-, was sag' ich, tausendfach geschrieben. „Der Staat muss seine Grenzen schützen!", habe ich vermutlich millionenfach gelesen seit der großen Flüchtlingswelle 2015. Da hat die Politik fürchterlich ausgelassen, das hätte niemals passieren dürfen! Und ausbaden müssen wir es, die normalen Bürger. Weil wir wohnen ja dann neben dem Flüchtlingsheim und nicht die Bonzen.

Bonzen, auch so ein Wort, das die Jungen nicht mehr verstehen. Schade ist es um unsere Alltagssprache, die zuerst amerikanisiert wurde und dann jugoslawisiert und jetzt türkisiert und arabisiert. „Döner mit alles" amüsiert mich. Aber dieses blöde „Ich mach' dich Opfa!", das halten meine Ohren nicht aus! Und so einen Schwachsinn hört man andauernd in den Straßen von Wien. Alle, die anderes behaupten, sind eben nicht so viel unterwegs wie ich!

Wenn man da vorbeigeht an diesen Fußballkäfigen am Gürtel oder im 15. Bezirk, wo die allermeisten Migranten von ganz Österreich leben, hört man überhaupt kein deutsches Wort mehr und wenn, dann ist es ganz sicher vulgär. Neu hinzugekommen zu den Jugo-Schimpfwörtern, die sich alle ums Vaginale drehen, während wir da ja eher, das muss man ehrlicherweise sagen, schon grauslich analfixiert sind, was auch nicht gerade vornehm ist, ist dieses islamische Haram. Das geht mir sensationell auf den Zeiger, das Haram! Alle Augenblicke hört man das jetzt von den jungen Arabern oder überhaupt von den Moslems. Und immer von so Burschen mit hautengen T-Shirts und den supermodernen löchrigen Jeans und diesem provozierenden Gang von Typen in voller Manneskraft. Dabei sind die nichts als Jung-Strizzis! Der Sally müsste ich jetzt erklären, was ein Strizzi ist. Und dem Kollegen aus Salzburg auch, der versteht ja auch kein Wienerisch, obwohl der nicht so jung ist wie die Sally.

Ein Strizzi ist ein Strolch, ein Lausbub oder ein Kleinkrimineller, ein Zuhälter kann er auch sein. Das Wort kommt aus dem Tschechischen, ist also ein Import aus der Monarchie. Das musste ich selber erst googeln. Strýc heißt Onkel.

Das dürfen die gar nicht, dieses Haram sagen, sich als Religionswächter über andere aufspielen, das darf nur Gott! Nicht einmal der Imam darf sagen, dass etwas Haram ist! Aber das erklärt diesen moslemischen Jungdeppen ja keiner.

Die moslemischen Mädchen, die gehen mittlerweile auch schon alle in voller Moslemmontur. Aber geschminkt! Das ist doch dann wirklich Haram! Geschminkt wie früher die Nutten. Aber anfassen verboten! Und heiraten als Jungfrau! Na ja, das hat es bei uns vor 50 Jahren auch noch gegeben, das ist ja auch nur wieder ein Beweis, wie sehr die hinten nach sind.

Die Rechten sind zwar auch nicht das beste Vorbild für die Emanzipation, trotzdem haben sie in manchem recht. Wozu haben sich die Frauen bei uns jahrzehntelang angestrengt, und die Männer auch, damit wir die Gleichberechtigung bekommen haben? Und dann schleudern uns diese Neuzuzügler zurück in die Steinzeit! Auch mit ihrer Religion, die ist einfach nicht geeignet für ein Leben im 21. Jahrhundert, da ist mir unser christlich-jüdisches Abendland schon lieber.

Ich bin doch viel herumgekommen auf der Welt, da kann man einfach nicht leugnen, dass diese islamischen Länder Jahrzehnte hinten nach sind, in allem. In Saudi-Arabien durften die Frauen bis gerade eben nicht einmal Auto fahren! Als ich im Jahr 2000 in Saudi-Arabien war, hat man mir erklärt, binnen zweier Jahre würden die Frauen Auto fahren dürfen. Zwei Jahre bräuchte man, um die Gesellschaft darauf vorzubereiten. 2017 haben sie dann das Dekret verabschiedet. Also ehe ich nicht Bilder von hunderten Frauen am Steuer sehe, glaube ich denen kein Wort!

Überall in der islamischen Welt sind die Frauen unterdrückt von den Männern, die in Wahrheit doch selber nichts auf die Reihe kriegen, das sieht man ja am Entwicklungsindex dieser Länder. Natürlich gibt es Ausnahmen, dort, wo sie Öl haben, sind sie weit oben auf dem Index, aber das zeigt doch nur, dass Statistiken nicht die Wirklichkeit wiedergeben. Ich kann mich noch gut erinnern, wie ein, zwei Jahre nach dem Krieg in Bosnien eine Wirtschaftszeitung geschrieben hat: Bosnisches Wirtschaftswachstum verdoppelt. Ja, von eins auf zwei. In Wahrheit liegt es bis heute hinter dem Wachstum von vor dem Krieg, also vor 1992.

Katar zum Beispiel ist das reichste Land der Welt, da war ich ja mit einer österreichischen Delegation mit dem Bundespräsidenten. War schon irgendwie imponierend, was die in wenigen Jahrzehnten aufgebaut haben. Die waren früher Perlentaucher, sonst hatten sie nur Beduinen und Kamele und ein paar Fischer. Aber trotz all der Glaspaläste und den Shopping Malls und den Restaurants am Meer, wer will schon in Katar leben?! Da können sie das allerwunderbarste Museum für islamische Kunst hinstellen, in der großartigsten Tausend-und-eine-Nacht-Architektur und sie können mit ihrem Al Jazeera-Fernsehen noch so viele Millionen Konsumenten erreichen, sie leben trotzdem hinter dem Mond! Diese ganzen Petrodollar-

Protzbauten auf der arabischen Halbinsel sind nur Fassade und dahinter ist tiefstes Mittelalter. Und wer weiß, haben die vielleicht ihre Wolkenkratzer in jeder Hinsicht auf Sand gebaut.

Jetzt importieren wir all die Rückständigkeit zu uns durch die arabischen Asylanten, diese ganze Geschlechtertrennung und die Unterdrückung und die Frömmigkeit und wenn das so weitergeht, werden wir alle Shisha rauchen und auf dem Boden sitzen und im Ramadan verhungern und verdursten. Na ja, das war jetzt doch sehr übertrieben, was Sie da denken, Herr Doktor Schmied! Wie täte der Chefredakteur sagen: „Das war der Schmiedsche Übertreibungszuschlag!" Ich weiß ja, dass wir nur sieben Prozent Moslems im Land haben. Aber wenn man die einfachen Leute schätzen ließe, kämen ganz andere Zahlen heraus. Weil sich die Urösterreicher schön langsam fremd im eigenen Land fühlen.

Ich bin wirklich tolerant und ich habe auch nichts gegen die Religion, aber wir sind ein christliches Land und da muss man sich christlich benehmen, von den Kleidern bis zum Essen. Jetzt gibt es ja immer mehr Lokale, die servieren keinen Alkohol und kein Schweinefleisch. Das nimmt schon sehr überhand. Meinen Schweinsbraten lasse ich mir von niemandem wegnehmen! Auch wenn der in der Kantine bei der Zeitung nicht gerade wie der von der Mutter schmeckt und ich dann einen Magenbitter brauche. Deshalb habe ich ja immer ein paar von diesen kleinen Flascherln in der Schreibtischlade, für solche Kantinen-Notfälle.

Aber ich war ja eigentlich bei diesen eingezäunten Fußballfeldern. Diese dunklen Typen hat es bei uns im Stadtpark alle nicht gegeben, das war ja noch die Zeit, bevor die Gastarbeiter gekommen sind, die nur die Wirtschaft als Arbeitskräfte gebraucht hat, wir, die Bevölkerung eher nicht. Aber uns hat damals keiner gefragt und heute fragt uns auch keiner und die Politiker finden immer irgendeinen Grund, warum sie nicht machen können, was die Bevölkerung will. So viele Umfragen können wir gar nicht veröffentlichen, dass die auf uns hören würden, wenn es irgendwo etwas zu verdienen gibt. Was gut für die Wirtschaft ist, ist gut für alle, haben sie behauptet. Und was ist passiert? Die Armen werden immer ärmer, was ja kein Wunder ist bei der Billigkonkurrenz aus dem Ausland, und die da oben kriegen den Hals nicht voll.

Wobei ich schon sagen muss, unter den Jugoslawen, da hat es schon auch sehr Tüchtige gegeben. Die haben sich auch angepasst. Ich kann mich noch gut erinnern, wie laut die am Anfang waren, so südliche Temperamente eben, und wie die innerhalb von ein paar Jahren leise geworden sind. In unserer Straße haben sie dann auch immer am Sonntag das Auto gewaschen, das war ja früher das Sonntagshobby von allen, die überhaupt ein Auto hatten.

Wir hatten damals das Auto noch nicht und einen Fernseher hatten wir ewig nicht, weil die Mutter Angst hatte, dass der explodiert und unsere ganze Wohnung abbrennt. Das kann man sich heute gar nicht mehr vorstellen, wie wir die Abende verbracht haben. Bei uns ist das Radio gegangen und die Mutter hat meistens gestrickt oder Knöpfe angenäht oder meine Hosen ausgebessert oder gebügelt. Ich weiß gar nicht mehr, was ich gemacht habe. Aber langweilig war mir trotzdem nicht, jedenfalls erinnere ich mich nicht daran. Heute ist so vielen Leuten fad und dann packen sie ihre gesamte Freizeit voll mit irgendwelchen To-Dos, wie man jetzt sagt. Zum Bürostress den Freizeitstress auch noch dazu, auf die Idee käme ich nie!

Irgendwie war damals alles langsamer und das war, da bin ich mir sicher, besser für die Menschen, also für ihre Seelen. Man hat auch nicht gleich alles gewusst, was irgendwo auf der Welt passiert ist. Da war, möchte man fast sagen, die Welt noch eine Scheibe. Und unser Teil war noch dazu getrennt durch den Eisernen Vorhang. Diese Schussanlagen und Wachhunde und Minenfelder, und das keine 50 Kilometer von Wien entfernt! Gespenstisch war das, weil wir ja auch nie gewusst haben, ob nicht der Dritte Weltkrieg ausbricht, mit Atomwaffen. Die hätten sie uns quasi vor die Füße geschossen, der Ami und der Iwan. Die Sally täte jetzt fragen, was der Iwan der Schreckliche mit den Amerikanern zu tun hat. Weil Iwan als Synonym für den Russen an sich ist ja auch längst ausgestorben.

In meiner Jugend haben wir ganz andere Namen gehabt als die Kinder heute. Hans und Kurt haben die geheißen oder Schorschi und manche Väter Adolf. So nennt heute kein Mensch mehr seinen Sohn. Mich haben die Größeren im Stadtpark immer Karli-Bua gerufen, das war schon eine ziemliche Sauerei. „Geh, Karli-Bua, hol den Ball!", „Geh Karli-Bua, schieß uns den Ball übers Gitter!" Geh Karli-Bua hin, geh Karli-Bua her, das ist mir unendlich auf die Nerven gegangen. Aber ich habe es mir nicht anmerken lassen. Ich habe die Zähne zusammengebissen, weil niemand sollte sich an meinem Leid delektieren. Nur bei der Mutter habe ich mich gewehrt. Der habe ich das Karli-Bua bald einmal abgewöhnt, sonst hätte es Granada gespielt, bei uns daheim.

Im Stadtpark geweint habe ich trotz der Gemeinheiten von den Größeren nie, denn Buben weinen nicht, hat es damals geheißen. Heute musst du als richtiger Mann weinen. Und du musst genau wissen, wann und wann nicht. Ich weine niemals.

Höchstens einmal kriege ich feuchte Augen bei einer Natur-Dokumentation, wenn da so ein Tierbaby von einem ausgewachsenen Vieh gerissen wird, das mag ich nicht, da mache ich die Augen zu und warte, bis es vorbei ist. Tief im Inneren bin ich ein ganz weicher Mensch, die harte Schale ist nur eine Art kugelsichere Weste für die Seele.

Das hat die Sonja auch kürzlich festgestellt, dass ich nichts Hartes, gar Brutales an mir habe. Bei der Sonja schon gar nicht, da kann ich gar nicht anders als kuscheln wollen, allein schon wegen ihrer weichen Körperformen. Die Sonja, die versteht mich, obwohl sie von ganz woanders herkommt. Aber sie hat super Deutsch gelernt und irgendwie ist uns das Moldawische doch näher als zum Beispiel das Türkische. Und auch wenn Moldawien das Armenhaus Europas ist, die Sonja ist stets gepflegt und adrett gekleidet. Vielleicht ein bisschen viel dekolletiert geht sie, aber gut, sie hat ja auch etwas zum Herzeigen!

Kochen können und den Mist hinuntertragen und Rücksicht nehmen und eine Viertelstunde Vorspiel und nachher nicht gleich einschlafen musst du heutzutage auch zusammenbringen als Mann, aber wenn es darauf ankommt, sollst du doch ein Mann sein. Welcher Mensch bringt das alles auf die Reihe? Ich kenne jedenfalls keinen, der so ein Wunderwuzzi ist bei sich zu Hause. Wunderwuzzis haben wir in der Politik, aber das ist etwas ganz anderes, da sind die ja nicht echt, so wie im Privatleben. Unsere Generation tut sich einfach schwer mit dieser Gleichberechtigung im Haushalt. Das hat es früher ja nicht gegeben. Da gab es, fast wie in der Weltgeschichte, eine klare Abgrenzung zwischen den Geschlechtern und typische Frauen- und typische Männerarbeiten.

Dabei haben ja eigentlich die Frauen nach dem Krieg unglaublich viele Männerarbeiten gemacht, nicht nur körperliche. Die haben damals, als ihre Männer noch nicht zurück waren aus der Gefangenschaft oder überhaupt nie zurückgekommen sind aus dem Krieg, nicht nur geschuftet, die haben auch die Familie gemanagt, wie man heute sagen würde. Und die haben das gut gemacht, manchmal glaube ich, sogar besser als die Männer.

Aber die Männer waren ja auch traumatisiert nach Krieg und Gefangenschaft. Früher hat man das nicht beachtet, was mit Menschen geschieht, wenn sie furchtbare Grausamkeiten erleben, das war nicht gut, denn die haben ihre Erlebnisse ewig mit sich herumgeschleppt. Heute behandelt man solche psychischen Probleme, das finde ich richtig. Obwohl: Selber würd' ich nie zu einem Psychiater gehen. Brauche ich ja auch nicht. Ich bin sehr gut aufgestellt im Leben und durch die Sonja erst recht.

So ein typischer Vertreter eines Kindes von Leuten aus der Kriegsgeneration war der Kurt, der Rädelsführer im Stadtpark. Die schlimmste Demütigung war, dass er mich nicht bei den Räubern hat mitspielen lassen, sondern nur bei den Gendarmen. Dabei habe ich dem nie etwas getan, hätte es ja auch gar nicht gekonnt, der war viel schneller als ich und größer war er auch. Eigentlich habe ich ihn bewundert, aber das kann man ja als Bub nicht sagen. Der Kurt, der war damals schon ein fescher Bursch, der hatte auch eine fast fertige Männerstimme, nicht so wie wir vorm oder im Stimmbruch. Der Kurt hat auch schon mit den Mädels geflirtet. Wegen dem sind die überhaupt am Gitter vom Fußballgeviert gestanden und haben beim Kicken zugeschaut und ihm applaudiert, wenn er wieder mal alle überdribbelt und ein Tor geschossen hat.

Das habe ich damals schon geahnt, dass es mir nicht beschieden sein würde, so ein Held zu werden. Aber man kann dennoch etwas machen aus sich und seinem Leben! Fußball spielen konnte der Kurt, aber am Ende ist trotzdem nichts aus ihm geworden. Ein Spieler! Kartentippler hieß das anno dazumal und man konnte vom Würfelpoker und Kartenspiel leben, als wäre es ein Beruf. Schöne Frauen, lange Nächte und dann Gefängnis wegen Betrug, hat mir irgendjemand einmal erzählt, der den Kurt auch kannte. Manchmal ist das Leben eben doch gerecht!

Der Kurt, der hat im Stadtpark die Einteilung gemacht, wer Räuber sein darf und wer Gendarm sein muss, und mich hat er immer spüren lassen, was er von mir hält. Nämlich nichts.

Irgendwie war ich der Bravste vom ganzen Stadtpark. Daran war die Mutter schuld. Die hat mir immer eingetrichtert, dass ich nichts anstellen darf, dass ich ja nicht von der Schule fliegen und im Stadtpark nicht in irgendeinen Raufhandel geraten darf, weil aufpassen konnte sie ja nicht auf mich, sie musste ja Geld verdienen gehen. Weil wir haben keinen Mann im Haus gehabt, der sich mit dem Kurt oder mit irgendwelchen Eltern oder gar der Polizei hätte anlegen können.

Ich war ja ein Schlüsselkind. Die besseren Familien haben die Schlüsselkinder bedauert, weil sie so viel allein und unbeaufsichtigt waren. „Aus denen wird nie etwas Gescheites!“, haben sie über uns Schlüsselkinder gesagt. Dabei war der Status gar nicht so schlecht, ich habe auf mich selbst aufpassen gelernt. Ich habe schon früh für mich Verantwortung übernommen. Das war sicher die Basis für meine Karriere.

Der Vati, der war eines Tages einfach verschwunden. Wortlos, hat die Mutter behauptet. Oft habe ich sie damals gefragt, warum er uns hat sitzen lassen, also warum er sie hat sitzen lassen. Eine schlüssige Antwort habe ich nie bekommen. Mir ist er nicht so furchtbar abgegangen, weil da war er ja auch fast nie, solange er noch bei uns geschlafen hat. Nett war er eigentlich schon, er hat sogar mit mir gespielt und irgendwann eine Holzeisenbahn mitgebracht, das war damals eine Sensation! Gemeinsam sind wir auf dem Boden gehockt und haben Eisenbahn gespielt. Das ist eine sehr schöne Erinnerung. Er hat sich halt krumm gearbeitet, der Herr Elektriker, erst beim Wiederaufbau und dann in den Gemeindebauten, die sie aus dem Boden gestampft haben für die Ausgebombten und die Kriegsrückkehrer. Für uns hat er dann keine Zeit gehabt und auch keine Nerven, um jeden Abend mit mir zu spielen oder mir vorzulesen.

Die Mutter hat ihn nicht wirklich gut behandelt, dauernd hat sie an ihm herumgenörgelt, genauso wie an mir, das kann einem Mann schon auf die Nerven gehen und der Vati hat die Konsequenzen gezogen. Gott, bin ich froh, dass die Sonja nicht so ist wie die Mutter! Dass ich mir nicht eine gefunden habe, die genauso herumkeppelt den ganzen lieben langen Tag! Die Sonja ist fast das Gegenteil von der Mutter. Bis auf die Haare vielleicht und eine winzige Spur von Resolutheit.

Die Sonja weiß, was sie will. Das finde ich gut. Eine Frau sollte schon auch selbstständig sein und nicht andauernd den Mann fragen, was sie machen soll. Und auch nicht dauernd ihre G'schichten erzählen, was sie beim Friseur gehört hat oder was ihre Freundinnen sagen. Die Sonja ist da zum Glück anders, fast ein bisschen zu verschwiegen. Eigentlich weiß ich wenig über sie, aber das macht nichts. Sie ist halt eine Diskrete. Und eine Zärtliche, das ist unbezahlbar! Die Mutter war eine eher kalte Frau, an Liebkosungen erinnere ich mich nicht. Ach, wie schade, dass der Polster nicht mehr nach der Sonja riecht! Ich habe mich wirklich sehr an sie gewöhnt, auch mit meiner ganzen Seele.

Ich kann mich noch gut erinnern, dass die Mutter den Vati, wenn er doch einmal da war und sich in der Küche an ihren Rücken geschmiegt hat, während sie das Gemüse geputzt hat, mit einer solch angewiderten, fast brutalen Geste wegbugsiert hat, dass es ja kein Wunder war, dass ihm das zu viel wurde. Die andere Frau, mit der er dann nach Kanada gegangen ist, die soll sehr hübsch und sehr nett gewesen sein, hat man sich im Haus erzählt. Und jünger war sie angeblich auch und lustig noch dazu. Und sogar ein bisschen gebildet, Volksschullehrerin oder so. Er ist dann bald gestorben in Kanada, an Lungenentzündung in so einem eisigen Winter.

Die Mutter hat nie wieder einen Mann angeschaut, jedenfalls habe ich davon nichts mitbekommen. Einmal hat sie mir erzählt, sie sei bei der oberen Nachbarin gewesen, eigentlich zum Ausheulen. Der hat sie gesagt, sie hätte ihrem Mann die besten Jahre und einen Sohn geschenkt und der Dank dafür war, dass er sie verlassen hat. Und diese Frau, so eine bessere Dame, immer perfekt frisiert und sehr adrett gekleidet, die hat ihr das Wort abgeschnitten und gesagt: „Was heißt, die besten Jahre geschenkt? Sie werden ja wohl auch Spaß gehabt haben mit ihm, wie sonst ist das Kind zustande gekommen?!“

Nie wieder hat die Mutter mit der Dame ein Wort gewechselt. Aber bei der Milchfrau haben sie sich einmal getroffen und da soll die Dame so von oben herab gesagt haben: „Meine Tochter hat Vorzug!“ Da konnte die Mutter nichts erwidern, weil Vorzugsschüler war ich ja nie. Dabei hat die Mutter mich immer gedrängt, dass ich alle Hausübungen ordentlich erledige, damit ist sie mir so auf die Nerven gegangen, mit dieser ewig gleichen Leier. Im Übrigen hat kein Mensch je wieder im Leben gefragt, ob ich Vorzug hatte oder nicht.

Eigentlich wollte die Mutter ja nur, dass ich es einmal besser haben sollte als sie. Das war damals, in den 1960ern und 1970ern, das Ziel von allen Eltern oder jedenfalls von allen, die nicht dem Alkohol oder der Kriminalität verfallen waren. Klar hat es damals auch Kriminalität gegeben, aber bei Weitem nicht so viel wie heute, da kann mir keine Statistik ein X für ein U vormachen!

Wir haben die Leute gekannt, vor denen man sich in Acht nehmen musste, das waren die eigenen sozusagen. Da hatte der Polizist, der bei der rechten Partei ist, schon recht, als er mir einmal gesagt hat: „Mit dem eigenen Lurch muss man selber fertigwerden, den fremden brauchen wir nicht!" Das war zwar nicht sehr nobel formuliert, aber im Grunde stimmt es! Heutzutage hat man ja keine Ahnung mehr, wer anständig ist und wer einen übers Haxl hauen will bei den vielen Fremden, die jetzt hier leben.

Diese Selbstverständlichkeit, dass man, wenn man sich anstrengt im Leben, den Kindern eine bessere, eine sichere Zukunft schaffen würde, die gibt es nicht mehr. In der Jetztzeit sind die meisten Leute überzeugt davon, dass es ihren Kindern einmal schlechter gehen wird als ihnen. Das wird auch so kommen! Früher, da konnten sich Kollegen von mir einen Kredit nehmen, eine Eigentumswohnung kaufen und nach 30 Jahren war das Geld zurückgezahlt. Heute kriegen die Jungen alle keinen fixen Job mehr, egal, was sie alles studiert haben. Nicht einmal bei uns in der Zeitung, dabei haben wir fast nur

Angestellte, aber eben keine wirklich Jungen. Wir haben auch noch ein Betriebsklima, wie das früher normal war. Ein bisschen sind wir wie in einer Familie. Man ist nett zueinander, tut einander nichts Böses, jeder macht seinen Job, niemand sägt am Sessel der Alteingesessenen. Man achtet die, gibt seine Arbeit verlässlich und pünktlich ab. Und dann steigt man schon irgendwann auf.

Viele Bachelor-Studien sind ja vollkommen nutzlos im wirklichen Leben! Was da für seltsame Leute mit den seltsamsten Ideen zu uns in die Zeitung kommen, um wenigstens ein Volontariat zu kriegen! Aber untauglich sind sie, die meisten jedenfalls! Können Computer, Audio und Video, haben aber keine Daten und Fakten im Kopf! Also wenn wir früher nicht gewusst hätten, wie der Vizepräsident von Amerika heißt, dann hätten sie uns auch nicht genommen. Jedenfalls nicht in der Außenpolitik.

Mich kann man in der Nacht um drei aufwecken und ich kann wie aus der Pistole geschossen sagen, wann der Kennedy erschossen wurde und wie lang der Korea-Krieg gedauert hat. Die heutige Generation muss alles googeln. Ohne den Herrn Google sind die aufgeschmissen. Das muss man sich einmal vorstellen! Wie hätten die gearbeitet in einem Land ohne Strom? Als ich in Albanien war, damals in der Anarchie Anfang der 1990er Jahre, da hatten wir gar nichts. Kugelschreiber und Schreibblock. Und dann sind wir in das einzig funktionstüchtige Hotel in Tirana gegangen, das hatte einen österreichischen Manager, der war sehr gastfreundlich und Schnitzel gab es auch, und dort haben wir uns ein Telefon gesucht und die Geschichten durchtelefoniert.

Die hatten damals noch diese Telefone mit Wählscheibe

und wir, auch die Kollegen von den sogenannten Qualitätszeitungen, haben unsere mit der Hand geschriebenen Texte der Sekretärin in Wien diktiert. Hat auch funktioniert. Jetzt haben wir alle tolles Equipment, aber dem Journalismus geht es trotzdem nicht besser. Das macht die Hektik. Und den Jungen, denen fehlt natürlich auch die Erfahrung. Aber es ist niemand mehr da, der sich um die kümmert, der sie richtig einschult. Ich auch nicht, weil, ganz ehrlich, mir gehen diese blasierten Figuren auf die Nerven. Und warum sollte ausgerechnet ich da plötzlich Lehrer werden?

In der Außenpolitik war ich wahnsinnig gern und sehr, sehr lang, bis zum Tag meiner größten Niederlage. Die war genau so groß wie die damals im Stadtpark, als mich, einen Gendarmen in unserem Räuber-und-Gendarm-Spiel, ein Polizist aus dem Gebüsch an der Böschung vom Wien-Fluss gezerrt hat. Der Wien-Fluss ist ja üblicherweise ein Rinnsal, den sieht man kaum in dem steinernen Bachbett, wenn man oben auf der Promenade steht, die von zwei Otto-Wagner-Salettln geschmückt ist, wo früher die Pärchen herumgeschmust haben bis fast zum Äußersten. Zungenkuss samt Stöhnen und an allen möglichen Körperteilen begrapschen, dazu habe ich keinen Doktor Sommer aus der Bravo gebraucht, das hat jeder im Stadtpark vom Zuschauen gekannt. Learning by doing, wie man heute sagen würde. Aufklärung live!

Damals, nach einem gigantischen Sommergewitter, das den ganzen Heumarkt in einen halbmetertiefen Fluss verwandelt hat, war der Wien-Fluss zu einem reißenden Bach geworden. Wahrscheinlich waren deshalb Polizisten im Park, damit niemandem etwas passiert. Alle meine Spielkameraden haben sich rechtzeitig verdrückt, gewarnt hat mich keiner, das war wieder einmal typisch für die, waren eben keine echten Freunde! Und weil man ja damals nicht ins Gras steigen durfte, hat mich ein Polizist am Ohr aus dem Gebüsch gezerrt und mir eine Standpauke gehalten, die vergisst man sein Leben nicht mehr. Dass er meine Eltern informieren und dass die 50 Schilling Strafe zahlen müssten für meine Untat.

Die Mutter hätte diese 50 Schilling nie gehabt, die musste ja zusätzlich zu ihrer Arbeit in dem kleinen Gemischtwarenladen bei uns an der Ecke noch bei den vornehmen Leuten im dritten Stock bügeln gehen. Ins Büro hat sie es ja erst viel später geschafft. Das habe ich dem Polizisten natürlich alles gesagt, ängstlich, aber ehrlich, weil Ehrlich währt am längsten, hat es damals immer geheißen. Stimmt heute auch nicht mehr. Aber immerhin hat mir der Typ, vier Meter grüner Stoff und a blödes G'schau, haben wir über die Kieberer früher gesagt, geglaubt, dass ich nie wieder so etwas Verbotenes machen würde wie das Betreten des Rasens und hat mich nach Hause geschickt.

Heute liegen die jungen Leute im Sommer im Stadtpark in der Wiese. Das ist schon besser als damals mit diesen vielen Verboten. Da liegen jetzt auch die Schwulen Händchen haltend nebeneinander, das finde ich zwar schon übertrieben, dass die ihre Neigung so in der Öffentlichkeit zelebrieren, aber dass sie gleichen Rechte haben wie die Normalen, das ist gut. Weil sie können schließlich nichts dafür, dass sie so sind. Es gibt ja sogar mehr als 400 homosexuelle Tierarten, also ist es wohl eine angeborene Neigung, die sich keiner aussucht und nichts, was man verbieten oder abtrainieren könnte.

Aber wie immer, wenn jemand aus der Ungerechtigkeit befreit wird, will der bald mehr. Heiraten wollen sie jetzt. Ich verstehe das nicht. Jetzt haben sie ihre Rechte, ihre Verpartnerung, sie haben ihre Gay Parade, die ist sogar gut für Wien, weil da kommen Tausende Touristen und geben bei uns ihr Geld aus. Aber wozu müssen die auch noch heiraten? Ich habe auch nicht geheiratet, obwohl ich es gedurft hätte. Ich habe auch keine Kinder, und die dürfen welche haben, also auch adoptieren. Da muss doch irgendwann einmal Schluss sein mit dem ewigen Fordern!

So gern würde ich noch ein bisserl von Sonjas Duft riechen! Wer hätte je gedacht, dass aus mir einmal so einer werden könnte, wie ihn der Patrick Süskind in „Das Parfüm" beschrieben hat? Das habe ich mir nicht einmal selbst zugetraut! Ich hätte auch nie damit gerechnet, dass ich mit meinen 62 eine 46-Jährige finde, noch dazu so eine wie die Sonja. Und dass ich mich doch noch so richtig verlieben würde im Leben!

In die Wiege gelegt war mir das sicher nicht, dass ich so ein Schnüffeltier werden würde. Die Mutter hat immer nur 4711 verwendet, das hatten damals alle, die es sich leisten konnten, dieses Parfüm in dem großen, flachen Glasfläschchen, aus dem sich die Damen mit dem Zeigefinger je einen Tropfen hinter die Ohren getan haben. Die Mutter konnte sich das nur leisten, wenn sie ihr Weihnachtsgeld bekommen hat, als sie schon im Büro war. Ansonsten hat es bei uns nur nach Seife gerochen, sauber, aber Duft hatte die keinen.

Und in der Küche hat es nach Hesperidenessig gerochen. Das Bona-Öl war völlig geruchlos. Und den Hesperidenessig musste die Mutter verdünnen, damit er länger gehalten hat. Deshalb ist der grüne Salat immer verdrückt wie nasse Wäsche in der Schüssel herumgeschwommen in dieser Suppe aus Essig, Öl, Zucker und Wasser.

In einem der Wirtshäuser auf dem Weg von der Zeitung nach Hause gibt es noch so einen Salat. Irgendwie mag ich den, obwohl sehr gustiös schauen die sterbenden Blätter nicht aus und in den besseren Lokalen reichen sie knackigen, verschiedenfarbigen Salat mit kalt gepresstem Olivenöl und Balsamico. Aber diese grünen Salatbletschen im Zuckerwasser, das ist eben der Geschmack der Kindheit.

Dass wir, also jeder EU-Bürger, heutzutage 180 Kilo Lebensmittel im Jahr wegwerfen, erscheint Menschen aus meiner Generation wie blanker Irrsinn. Wir sind doch alle noch mit Eltern aufgewachsen, die jede Krume Brot geehrt haben. Die hatten ja lang genug im Krieg gehungert. Wenn man diese 180-Kilo-Statistik um all die bereinigt, die es sich nach wie vor nicht leisten können mit Nahrungsmitteln zu urassen, also die Visegradler und die Bulgaren und Rumänen, dann bedeutet das, dass wir Westeuropäer vermutlich 360 Kilo Essen in den Mist befördern. Irre, was diese Konsumwelt aus uns macht!

Aber eigentlich ging es mir ja gerade um meine Kindheit. Die war in Wahrheit gar nicht schlecht. Vaterlose Kinder gab es ohnehin gar nicht so wenige. Und Geld hatten die meisten Familien ja auch genauso wenig wie wir. Es hätte schlimmer kommen können. Nur dass ich nicht auf den Schulschikurs mitfahren konnte im Gymnasium, weil wir das Geld für die Ausrüstung nie und nimmer gehabt hätten, das war schmerzhaft. Aber wir haben das gut verborgen. Die Mutter ist damals mit mir zum Hausarzt gegangen, hat ihm eine sauteure Bonbonniere überreicht und ihm gesagt, er muss mir ein Attest schreiben, dass ich wegen meiner Plattfüße nicht Schi fahren darf. Das hat der Kittelträger, Götter in Weiß hat man die ehrfürchtig genannt, dann auch getan. Den mitleidigen Blick hat er uns aber nicht erspart. Na ja, ein arroganter Akademiker und Großbürger war er, der feine Herr Doktor, der angeblich gern den jungen Mädels nachgestellt hat!

Fürs Bundesheer später dann waren meine Plattfüße wiederum nicht ausreichend. Dort haben sie uns geschunden wie Verbrecher im Arbeitslager im hintersten Winkel der Sowjetunion. Und gebrüllt haben sie mit uns. Unentwegt gebrüllt. Richtige Schinder waren das! Dort habe ich mir den Alkohol angewöhnt. Anders wären diese Gemeinheiten nicht auszuhalten gewesen, das haben uns die, die schon ein paar Wochen hinter sich hatten, schnell klargemacht. Es ist schon gut, dass solche Erniedrigungen, wie sie damals gang und gäbe waren, heute nicht mehr möglich sind. Auch Unteroffiziere müssen sich anständig benehmen, Vergehen werden geahndet, darüber habe ich erst kürzlich eine Doppelseite gemacht, weil da nach einem Marsch einer tot umgefallen ist und die linke Presse gleich einen Bundesheerskandal gerochen hat.

Irgendwie sind Maß und Ziel in unserer Zeit vollkommen verloren gegangen. Heute musst du als Mann beim Bundesheer ja schon Angst haben, wenn du mit einer Soldatin im Aufzug fährst. Wenn die Lust hat, zeigt sie dich wegen Sexual Harassment an, wie das in Neudeutsch heißt. Das konnte ich natürlich nicht in der Zeitung schreiben, das sagt dir ja keiner offiziell. Aber ich weiß das natürlich, dass du als Ausbildner heutzutage so unglaublich viele Regeln beachten musst, dass du zum Ausbilden gleich gar nicht kommst.

Das eine ist genauso idiotisch wie das andere von früher. Und so ist jetzt die ganze Welt! Keine Regeln, aus den Fugen geraten ist alles. Gutmenschen gegen rechtes Gesindel, quasi. Die Mitte, also dort, wo ich bin, die ist weggebrochen. Und die

Ränder, das habe ich bei einer Soziologin gelesen, die sind eben immer und in allen Gesellschaften radikal. Ich mag das nicht, das Radikale. Ich will die Mitte, da, wo die große Mehrheit zu Hause war. Und alle, die ich kenne, die sehen sich auch als Mitte an. Da fragt man sich, wer sind die Ränder, wenn eigentlich eh alle die Mitte sind oder es wenigstens glauben?

Betrunken war ich übrigens außer beim Bundesheer in meinem ganzen Leben nicht. Darauf habe ich immer geachtet. Kann schon sein, dass ich ein bisserl viel Alkohol trinke und ich weiß ja aus meiner Arbeit, dass zehn Prozent der Bevölkerung als alkoholgefährdet gelten. Ich gehöre da aber sicher nicht dazu. Es stimmt schon, ich trinke jeden Tag und das sollte man nicht, aber das bisserl Vergnügen, das lasse ich mir von keinem Arzt und keiner Statistik verbieten. Außerdem trinke ich immer nur Gespritzte, und die über den Tag verteilt. Und im Sommer sowieso nur Sommerspritzer.

Selbst wenn das durchaus acht solche G'spritzten am Tag sind, das schwitzt man ja wieder hinaus, besonders jetzt, wo wir den Klimawandel haben. Das ist schon eine große Veränderung zu früher. Heute braucht man eine Winterjacke aus Daunen und kurzärmelige Shirts. Übergangskleidung, das Wort kennen die Jungen nicht einmal mehr. Bedrückend ist das schon, dass sich allein in meinem Leben so wahnsinnig viel verändert hat, in meinen 62 Lebensjahren. Und die sind doch ein Wimpernschlag im Vergleich zur ganzen Menschheitsgeschichte.

Ich bin immer ordentlich gekleidet, immer in langärmeligen Hemden, weil in unserem Beruf weiß man ja nie, ob man zu einem Direktor muss oder zu einem Minister oder einer Ministerin. Unglaublich, jetzt gendere ich sogar schon meine Gedanken! Da sieht man, wo das gnadenlose Betrommeltwerden mit der Political Correctness hinführt! Die geht nicht nur mir sensationell auf den Geist, sondern der gesamten Bevölkerung, diese Genderei, auch den Frauen, das hat erst unlängst eine Umfrage gezeigt. Ich hätte das denen gleich sagen können, dazu braucht man keine Umfrage, da muss man nur mit normalen Leuten reden, dass die sich den Mund nicht verbieten lassen wollen in der Sprache, die sie gelernt haben!

Das kann man wirklich überall hören, ob im Wurstelprater, wenn sich die Leute eine Stelze gönnen und nach dem dritten Bier über die Politiker schimpfen, oder im Gasthaus bei mir ums Eck, in der U-Bahn, überall. Das Gendern ist eine Seuche! Und wer auch nur ein winziges Bisschen Sprachgefühl hat, dem wird schlecht bei dem Unsinn, der beim Gendern rauskommt! Die Frau Landeshauptfrau, die weibliche Ministerin im Gegensatz zu ihrer etwas herberen Kollegin und in Deutschland haben sie die weibliche Bundeskanzlerin. No na, eine männliche Bundeskanzlerin werden sie haben!

Wir in der Zeitung schreiben nie so blöd geschwollen daher, dass man den Sinn überhaupt nicht mehr erkennen kann vor lauter Correctness. Das ist auch unser Erfolg, wir sind ja nicht zufällig das meistgelesene Blatt im Land. Da können sich die Kollegen von den selbst ernannten Qualitätsmedien auf den Kopf stellen: Wir haben auch den höchsten Akademikeranteil bei den Lesern. Die lesen uns sicher nicht wegen der Tierecke, das ist etwas für die alten Weiberln, sondern weil wir eben auch die besten Geschichten im Politikressort haben. Welcher Politiker würde uns ein Interview verwehren? Der müsste ja bescheuert sein, auf so viel Publikum zu verzichten! Ja, wir sind gut, richtig gut und ich bin schon stolz, dass ich Teil dieser Redaktionsgemeinschaft bin.

Obwohl der Karriereknick, den sie mir angetan haben, der hat schon wehgetan. Aber es war auch meine Schuld, ich war einfach zu gutgläubig, damals, als ich noch in der Außenpolitik war. Ich hätte nicht einfach dem Staatspräsidenten glauben sollen, als der im Iran einen Milliarden-Deal eingefädelt haben wollte. Wobei: Wir haben das ja alle geschrieben, eben weil er es uns allen erzählt hat, auch die von den angeblichen Qualitätsblättern sind darauf hereingefallen. Nur diese eine nicht, die ewige Besserwisserin und Nervensäge auf diesen gemeinschaftlichen Reisen. Die hat damals nur eine ganz kleine Geschichte geschrieben, dass es ein sogenanntes Memorandum of Understanding über diese Milliarden gibt.

Ich wusste damals nicht einmal genau, was das sein soll, so ein Memorandum of Understanding. Ein Nichts ist es, eine Absichtserklärung ohne jede rechtliche Bindung. Aber wer ahnt denn, dass sich der Präsident nur wichtigmachen will mit seinem angeblichen Milliarden-Deal im Iran? Immerhin hat unsere Zeitung keine Richtigstellung gedruckt, das machen wir eigentlich nie, so ist die Geschichte nicht weiter aufgefallen und den durchschnittlichen Lesern ist so eine Ungenauigkeit ohnehin vollkommen egal.

Mich haben sie in der Zeitung auch nicht gerügt. Aber eben versetzt. In die Chronik, wo ja eher die Jungen anfangen und in die richtige Lehre gehen, nicht so wie im Studium, wo sie an den Blutgeschichten und den Kieberern ja gar nicht anstreifen. Und immerhin muss ich nicht diese Blutgeschichten, die Morde und Messerstechereien und Vergewaltigungen machen, ich kann mir meine Themen mehr oder weniger aussuchen. Und es sind ja nur noch drei Jahre, dann gehe ich in Pension und fange mit der Sonja ein neues Leben an.

So schade, dass sie so früh aufgestanden und gegangen ist. Wir hätten noch zwei ganze Stunden kuscheln können, statt dass ich da mit mir selber in Gedanken rede und plötzlich so viel in der Vergangenheit bin. Aber das liegt auch daran, dass diese Vergangenheit irgendwie schöner war als die gesellschaftspolitische Gegenwart, zumindest gefühlsmäßig. Und dieses Gefühl hat offenbar so gut wie jeder heutzutage. Wie sonst erklärt man sich, dass in den westlichen Industrienationen nicht einmal zehn Prozent der Menschen glauben, dass die Zukunft besser wird? In Deutschland sind es gar nur vier Prozent. Irre eigentlich, wenn man bedenkt, wie gut es uns zumindest statistisch geht!

Natürlich kenne ich all die Statistiken über das längere Leben, über die besseren Gehälter, über die billigeren Fernreisen, die Chancen und Möglichkeiten, die die Computer bieten, und wer hat heute keinen? Trotzdem finde auch ich, es war früher besser. Jedenfalls menschlicher. Ein Bankbesuch hat mich früher eine halbe Stunde gekostet, aber freiwillig, nicht weil ich in der Schlange gestanden bin, um darauf zu warten, dass eine Maschine frei wird, mit der ich mich noch immer nicht ganz auskenne. Früher hat man ein bisserl getratscht mit der Bankbeamtin. Ja, Beamte haben die geheißen, dabei waren sie gar keine. Aber egal, man kannte sich, man hat Anteil genommen am Leben der anderen, das war schon schöner als heute.

Wenn ich, was ohnehin ganz selten vorkommt, mit der Eisenbahn in ein Bundesland fahren muss, dann muss ich mich online herumplagen, um ein Ticket zu ergattern. Da stürzt einem die Homepage zehn Mal ab, ehe man überhaupt den richtigen Zug gefunden hat. Und die Hotline kann man auch vergessen, da hängt man endlos in der Warteschleife, wo sie zwischen fürchterlichem Musikgedudel so ärgerlich gut gelaunte Durchsagen machen von irgendwelchen Menschen, die man nie in echt ans Rohr bekommen würde.

Im Supermarkt ist es das Gleiche. Da verschwinden die Bediensteten, so schnell kann man gar nicht schauen. Und schon steht da eine Computerstraße und man darf sich die Ware selber scannen und alle Augenblicke funktioniert es nicht und alle werden immer grantiger. Ist ja auch kein Wunder, bei diesen Apparaten. Wer die programmiert, würde ich gerne wissen! Völlig deppert für normale Menschen. Daraus werde ich noch einmal eine Doppelseite machen! Da werden wir tausende Zuschriften bekommen und erst recht Klicks auf Online. Das ist ja die neue Währung im Journalismus, diese Klicks. Das hat schon eine Weile gedauert, bis ich verstanden habe, wie ich die Geschichten zuspitzen muss, damit der Online-Chef zufrieden ist mit den Zugriffen. „Ein super Klick-Dreck", sagt er dann immer, dieser Typ, der sich so gern reden hört und nie etwas Vernünftiges zu sagen hat. Ein lupenreiner Karrierist ist der, kein Journalist!

Oh Schreck, schon fast neun Uhr! Da muss ich schleunigst aufstehen, weil heute kommt ja die Božena. Seit fast 20 Jahren kommt die jede Woche. Die ist, wenn man es sehr genau nimmt, die Konstante in meinem Frauenleben. Die hat den Schlüssel und ich vertraue ihr. Die putzt wirklich perfekt und sie kauft auch die Putzmittel nach, die ausgegangen sind, und legt mir einfach die Rechnung hin. Die Božena ist eine Perle, sieht man davon ab, dass sie mir am Anfang Bügelfalten in die Jeans gemacht hat. Aber das hatten wir rasch geklärt. Dabei hat sie damals kein Wort Deutsch gesprochen, die kam ja direkt aus dem jugoslawischen Krieg zu uns.

Diese Flüchtlinge damals waren anpassungsfähiger und auch fleißiger als die heutigen. Die Božena war sogar Kranführerin in Belgrad, die einzige Frau unter Dutzenden Männern und sie hat sehr gut verdient. Kranführerin konnte sie bei uns nicht werden, wegen der mangelnden Sprachkenntnisse. Deutschkurse gab es ja damals noch keine, die der Staat oder die Stadt den Flüchtlingen angeboten hätte. Also hat sie sich selber genug Deutsch beigebracht, damit es reicht zum Putzen gehen. Einmal hat sie mir erzählt, wie schwer es war, zu verstehen, welches Putzmittel wofür gebraucht wird. Weil die hatten im alten Jugoslawien ja ganz andere Produkte, die hatten kaum etwas aus dem Westen, das wäre viel zu teuer gewesen für die Jugos.

Durchgebissen hat sich die Božena. Und ihre Tochter hat sogar studiert und ist jetzt im mittleren Management in einer Bank. Das muss man schon anerkennen, dass da wirklich viel Kraft und Fleiß nötig sind, damit man sich behauptet mit dem fremdländischen Familiennamen und dem Akzent. Aber schreiben kann sie fehlerfrei, die Tochter von der Božena und bis zum Magister hat sie es gebracht. Und dann hat sie etwas total Verrücktes gemacht. Sie ist zum Islam konvertiert wegen dem Türken, in den sie sich verliebt hat. Jetzt hat sie schon zwei islamische Kinder mit dem!

Ein bisschen bin ich auch stolz auf diesen Studienerfolg von der Tochter von der Božena, weil ohne mein Geld hätten sie es nicht geschafft, das Mädel durchs Studium zu bringen. Mittlerweile zahle ich der Božena sogar freiwillig einen Euro mehr, also schon zehn Euro die Stunde. Andere zahlen nur acht und die, die zwölf zahlen, hauen in meinen Augen nur die Preise zusammen, diese Gutmenschen.

Wenn ich der Božena begegne, weil ich doch einmal zu Hause bin, ist sie immer sehr höflich. Nur der Blick von ihr, der ist irgendwie listig. Da weiß ich nie, woran ich bin. Aber sie haben mich sogar zur Magisterfeier der Tochter eingeladen, weil ich bin ja fast wie ein Familienmitglied für sie. Also das passt schon mit der Božena. Nur heute wäre es mir sehr angenehm, wenn sie weniger verlässlich und pünktlich wäre. Heute würde ich gern noch liegen bleiben und von der Sonja träumen. Aber dass mich die Božena so herumkugeln sieht im Bett, das geht auch nicht. Das kennt sie ja nicht von mir. Und außerdem bin ich ja doch irgendwie ihr Chef.

Dienstag

MITTAGS, IM GRÜNEN PRATER

Schön wäre es, wenn die Sonja jetzt bei mir wäre. Die würde das sicher auch genießen, den jungen Enterln zuzuschauen, wie sie hinter der Mama her schwimmen. Und die Kinder zu beobachten, wie sie einmal nicht an irgendwelchem technischen Zeugs hängen, sondern in der Natur sind und sogar über die staunen können. Man sieht, wie gut denen das tut. Und ihren Müttern auch, die auf den Bankerln im Schatten sitzen und sich ihre G'schichterln erzählen können. Wahrscheinlich reden sie eh über ihre Männer, weil sie lachen viel und laut.

Frauen lachen unglaublich oft über die Männer, das erzählt mir immer die Sally, die mischt die Redaktion ein bisserl auf mit ihrer Jugend und ihren unkonventionellen Zugängen zu eigentlich allen Themen. Die sitzt heut am Schreibtisch herum, da hab ichs besser, weil ich ja am Wochenende gehackelt hab. Sie sagt, die Männer reden erst über Frauen, dann über Autos oder Fußball, und die Frauen reden über die Männer und machen sich lustig über uns. Weil wir im Kommunikationszeitalter leben und die Männer nicht kommunizieren können. Und weil wir im Zeitalter der sozialen Intelligenz leben und die Männer sollen da echte Nieten sein, auch die 30- oder 40-jährigen. Ich glaube, ganz unrecht haben die Frauen da nicht. Aber ganz recht natürlich auch nicht.

Ein Nobelpreisträger in Kommunikation bin ich auch nicht gerade. Aber das liegt nicht daran, dass ich nicht viel denke, sondern dass ich manchmal gehemmter bin als die anderen. Das habe ich nicht abschütteln können aus der Kindheit. Nur wenn ich etwas trinke, dann kann ich kommunizieren. Dann kann ich hundert Geschichten erzählen aus den Ländern, in denen ich war und dass ich in Bosnien einmal fast auf eine Mine getreten wäre, mitten in Sarajevo. Da schauen sie dann, die Jungen, weil sie glauben, ich war im Krieg. Dabei war das Jahre später. Aber die Minen, die halten länger als so mancher Friedensvertrag.

Das wird noch ein großes Thema werden, wenn der Krieg in Syrien einmal vorbei ist. Dann wird es bei uns gleich heißen, jetzt sollen die alle zurückgehen und ihr Land aufbauen, die Asylanten. Aber so, wie sich das die Politiker und die Bevölkerung vorstellen, funktioniert es nicht.

Das hat man damals in Bosnien gesehen. Als der Krieg vorbei war im 95er-Jahr, da sollten gleich ein paar Tausend Bosnier zur freiwilligen Rückkehr bewegt werden oder mit Zwang zurückgeschickt. Verwandte von der Božena aus Bosnien sind dann wirklich mit dem Autobus hingefahren und haben geschaut, ob man zurückkehren kann. Aber ihre Reise war desillusionierend, für sie selber und für mich als Journalist. Die haben erzählt, sie haben ihr Dorf nicht wiedererkannt, weil die Häuser waren Trümmerhaufen, es gab keinen Strom, kein Wasser, kein Geschäft, gar nichts. Sie hätten nicht einmal versuchen können, ihr Haus wiederaufzubauen, es gab ja kein Baumaterial, ja nicht einmal einen Nagel und einen Hammer, mit dem sie den von Panzern niedergewalzten Lattenzaun hätten reparieren können.

Das musste dann unser Innenminister auch einsehen, dass man die Menschen nicht in ein vermintes Trümmerfeld expedieren kann. Wir in der Zeitung haben natürlich auch geschrieben, dass die zurückgehen sollen, weil das hat der allgemeinen Stimmung im Land entsprochen. Und die meisten anderen Zeitungen waren auf derselben Linie. Aber der Innenminister hat dann einen Riesenfehler gemacht. Der ist nach Bosnien gefahren und diese Besserwisserkollegin von der Konkurrenz hat ihn in so einer Trümmerlandschaft direkt neben einem Minenfeld gefragt, ob er glaubt, dass man da Leute herschicken kann. Der hat, so wie sie das in ihrer Zeitung beschrieben hat, neben diesen gelben Banderolen, mit denen sie die Minenfelder abgesperrt haben, nur mit kreidebleichem Gesicht „Nein!" geantwortet. Und damit war das Thema vom Tisch für Österreich und auch für uns Medien.

Aber die Bosnier sind uns einfach näher als die Araber. Die haben sich integriert, über die redet heute kein Mensch mehr. Auch über die Rumänen nicht, die 1990 gekommen sind, immerhin 19.000. Dabei gab es damals in Wien einen Riesenwirbel wegen der Rumänen. Dass die ja nur gekommen sind, um zu stehlen und dass da viele Zigeuner unter ihnen gewesen sind, angeblich. Ich habe die damals nicht getroffen, glaube aber nicht, dass das Zigeuner waren. Die hätten ja gar nicht das Geld gehabt, bis nach Wien zu fahren.

Vielleicht ist es ja immer so, dass die alteingesessene Bevölkerung nie glaubt, dass sich die neu Gekommenen anpassen werden. Das glaube ich, weil ich vor ein paar Jahren diese Ausstellung über 150 Jahre Wiener Ringstraße angeschaut habe. Da hatten die Ausstellungsmacher einen alten Text präsentiert, in dem es um die um 1870 nach Wien Zugewanderten ging. Die slowenischen Maronibrater, die slowakischen Kesselflicker, die jüdischen Hausierer und dass die alle ihr ländliches Weltbild mitgebracht haben in die Stadt. Und was sagen die Leute heute? Punktgenau das Gleiche, nur dass es eben nicht die Slowenen und die Slowaken und die Juden sind, sondern die Syrer und Afghanen und überhaupt die Moslems.

Und bei den Türken stimmt es auch, dass die sich nicht integrieren! Dazu braucht man keine Sozialforschung, um das zu erkennen. Allein schon, dass von denen so viele für den Erdoğan demonstriert haben und erst recht für sein Allmachts-Referendum waren, beweist doch, dass die bei uns nie angekommen sind. Also die meisten jedenfalls nicht.

Schön ist das, wie sich die Sonne in den Wellen spiegelt im Heustadlwasser und wie diese Kreisel entstehen, wenn ein Fischerl kurz aus dem Wasser springt! Lauter Sachen, die ich früher kaum gesehen hätte, oder gesehen vielleicht schon, aber so daran erfreut hätte ich mich nicht. Was Liebe ausmacht! Ich lache jetzt öfter, das fällt sogar mir selber auf, und die Kollegen haben auch konstatiert, dass ich irgendwie anders bin, gelöster. Die Sally hat mich sogar damit aufgezogen und geradeheraus gefragt, ob ich verliebt bin. Ich habe nur geschmunzelt, noch dazu, weil ich die Sonja ja doch schon lang kenne. Aber erst jetzt hat sich diese Nähe entwickelt, eigentlich erst, seit sie das erste Mal bei mir übernachtet hat.

Das war schon sehr unromantisch, als sie immer gleich danach aufgesprungen und ins Bad verschwunden ist im Hotel. Und sich dann, als wäre nichts gewesen, in ihre Kleider geworfen hat und abgerauscht ist, ganz ohne Abschiedskuss. Aber diese Phase haben wir Gott sei Dank hinter uns. Gut, dass ich geduldig war und sie nicht gedrängt habe. Sie hat halt länger gebraucht, bis sie diese Nähe zugelassen hat. Zwei Mal die Woche Hotel, und da die ersten Monate ja auch nur für eine oder zwei Stunden, da habe ich wirklich einen langen Atem bewiesen!

Neuerdings stelle ich mich sogar dazu, wenn die Kollegen und die Mädels beim Kaffeeautomaten ein bisserl Schmäh führen. Witzig, wie leicht man die Jungen unterhalten kann mit den alten Witzen von gestern! Ich sammle ja politische Witze. Da haben die Jugoslawen viel beigetragen zu meinem Repertoire, also die Flüchtlinge, die nach Wien gekommen sind. Von denen habe ich viele Witze. Wobei es Witze gibt, die wurden schon im Ersten Weltkrieg erfunden und man hat sie an Land und Zeit adaptiert, habe ich herausgefunden. Manche waren auch neu und haben Bezug genommen auf die alte Zeit.

Einer meiner Lieblingswitze stammt aus Bosnien, als dort der Krieg begonnen hat. Ein schrecklicher Krieg, da haben sich ja Nachbarn gegenseitig die Köpfe eingeschlagen. Sehr primitiv, na ja, Balkan eben. Was bei uns die Fee ist, das ist ja in Bosnien der Goldfisch, hat mir die Božena beigebracht. In dem Witz erscheint dem Mujo ein Goldfisch und sagt: „Mujo, du hast drei Wünsche frei!“ Sagt der Mujo: „Ich möchte in einem wunderschönen, großen Doppelbett in einem wunderschönen, großen Haus neben einer wunderschönen Frau aufwachen!“ Schwupps, Mujo wacht in einem Himmelbett in einem Salonzimmer auf und die schöne Frau sagt: „Franz Ferdinand, aufstehen! Wir müssen nach Sarajevo!“ Über den Witz kann ich mich immer noch zerkugeln, selbst wenn ich ihn mir selbst erzähle.

Mir hat es damals, als ich noch in der Außenpolitik war, leidgetan, dass ich nie solche Witze in der Zeitung schreiben konnte, weil die sagen ja viel aus über die Wirklichkeit. Diese Besserwisserkonkurrentin, heute sagt man ja Mitbewerber, also die Kollegin vom Mitbewerber, die hat manchmal Witze in dieses angebliche Qualitätsblatt geschrieben, aber bei uns haben sie gesagt, das nimmt zu viel Platz weg und viele Leute verstehen das ja gar nicht. Man soll seinen Lesern nie zeigen, dass sie blöd sein könnten. Das ist ganz schlecht für die Leser-Blatt-Bindung. Wer will schon gezeigt bekommen, dass er nicht ganz hell auf der Platte ist?

Die angeblichen Qualitätsmedien machen das ganz falsch, aber was geht es mich an! Bei denen gibt es Journalisten, die schreiben dermaßen komplizierte, mit Fremdwörtern gespickte Texte, die versteht kein durchschnittlicher Mensch. Diese Schreiberlinge wollen doch nur zeigen, wie gebildet sie sind, die tragen ihr gesamtes Wissen in einem Bauchladen vor sich her. Die wollen gar nicht gelesen werden!

Ich will, dass man meine Geschichten liest und versteht. Deshalb stelle ich mir immer, wenn ich einen Text schreibe, als Leserin die Kellnerin vom Stammlokal vor, das ist eine gute Taktik. Was die verstehen würde, versteht jeder. Nicht, dass die dumm wäre! Aber die hat halt nicht den ganzen Tag Zeit, sich um die Nachrichten zu kümmern, die muss sich um die Gäste kümmern und da kann sie nicht jede Stunde auf dem Laufenden sein, was gerade wieder Neues passiert ist in der Welt. Deshalb stelle ich mir die als Probeleserin vor und schreibe die Geschichten quasi für sie.

So wie ich sollten das auch die Politiker machen, wenn sie eine Rede halten. Sich jemanden vorstellen, den sie mögen und der so richtig Durchschnitt der Bevölkerung ist. Dann würden sie ganz anders reden, weder in so komplizierten Schachtelsätzen, noch mit diesen nichtssagenden Wörtern und Floskeln, die sie verwenden, damit sie nachher keiner auf irgendetwas festnageln kann. Feig sind sie geworden, die Politiker. Ohne Ecken und Kanten. Das ist nicht gut, das macht die normalen Leute auf Dauer nur sauer.

Besser einer sagt etwas, was einem Bürger nicht gefällt, aber er begründet es und steht dazu, als dieses Wischiwaschi von sich zu geben. Das hat ja die Wissenschaft längst herausgefunden, dass man Personen, die eine Haltung haben, anerkennt, selbst dann, wenn einem die Haltung nicht so gefällt. Aber Haltung gibt es ja nicht mehr heutzutage. Genauso wenig wie Anstand. Wenn du heute mit dem Wort Anstand kommst, lachen dich die Leute aus. Anständig wollen sie die Politiker schon haben, aber mit Anstand können sie nichts mehr anfangen. Ich finde das traurig. Und gefährlich obendrein. Denn wo landen wir, wenn Anstand ganz egal ist?

Ob es moldawische Witze gibt, weiß ich gar nicht. Ich muss die Sonja morgen fragen. Sicher haben die Witze, weil die sind ja so bettelarm und solche armen Völker haben immer sehr gute Witze. Bei uns ist die Kultur des politischen Witzes verloren gegangen, jetzt sind die Politiker von sich aus die Witzfiguren. Und ganz ehrlich, auch wenn es natürlich stimmt, dass viel nicht gut ist, was es in der Politik gibt, die haben sich selber zu Karikaturen gemacht, diese Politiker. Die Frauen sind da nicht besser als die Männer. Als politischer Kabarettist kannst du einpacken heutzutage, die Politiker toppen den politischen Witz jeden einzelnen Tag!

Das liegt aber wirklich an den Politikern selbst. Weil die lassen sich in Sachen hineintheatern, die hätte man sich früher nicht einmal zu denken getraut. Politiker essen im Fernsehscheinwerferlicht Würstel am Würstelstand, Politiker, die sich sonst immer in feinem städtischen Zwirn präsentieren, steigen auf die Berge, im Lodenjanker und der Krachledernen, damit sie den Heimatbegriff reinwaschen von der Nazi-Zeit. Politiker setzen sich ins Fernsehen und machen einander dermaßen nieder, wie das nicht einmal Besoffene im Wirtshaus täten. Die tragen Pizza aus und spielen Popstar, wenn sie es für nötig halten. In was für einer absurden Zeit bin ich da gelandet, wo eine ganze Berufsgruppe alles dafür tut, so auszusehen, als wären sie Vertreter von etwas ganz anderem, nur ja nicht Politiker in herkömmlichem Sinn! Aber was war denn so schlecht an dem Herkömmlichen und ist das neue Getue jetzt besser? Mitnichten!

Die sind selber schuld, dass der Respekt vor ihnen verloren gegangen ist. Weil Respekt muss man sich auch erarbeiten. Genauso wie Neid. Wer käme heute auf die Idee, auf einen Politiker neidig zu sein? Die sind ja nicht zu Unrecht auf der Skala der am wenigsten angesehenen Berufe ganz oben. Wobei, wir Journalisten sind nicht weit hinter ihnen. Feuerwehrmann muss man heute sein, damit man Ansehen hat. Oder Arzt.

Na ja, was kümmert es mich, ob meine Branche ein schlechtes Image hat? Mir sagt das ja keiner ins Gesicht! Und schuld bin auch nicht ich an diesem ganzen Lügenpresse-Geschrei, sondern diese Gratiskrawallblätter. Die erfinden ja ganze Interviews! Wir würden niemals so tun, als hätten wir mit jemandem geredet, mit dem wir eben nicht geredet haben, wenigstens am Telefon. Wir bringen auch keine Fake-News, wie das jetzt heißt. Unsere Geschichten sind wahre Geschichten. Ich halte mich ja überhaupt an den Spruch von diesem früheren Fernsehdirektor, der, damals eigentlich hochmodern, gesagt hat: Die Wahrheit ist unser Gag!

Das einzige, was wir machen, aber das ist der neuen Klick-Zeit geschuldet, ist, dass wir etwas zuspitzen. Weil die Leute ja auch gar nicht mehr so viel Zeit haben wie früher, um sich zu informieren, da muss man ihnen die News in konsumierbaren Happen offerieren und sich auf das Wesentliche konzentrieren. Erst vorige Woche musste ich genau abwägen, was ich von der jüngsten Kriminalitätsstatistik bringe und was nicht.

Natürlich habe ich nicht die um ein Drittel gestiegene Cyber-Kriminalität herausgenommen, weil die versteht ja kein Mensch. Klar kann man betrogen werden online, aber das weiß ja eh längst jeder, der sich ins Internet begibt. Ich habe mich für die Ausländerkriminalität entschieden, weil die interessiert die Leute wirklich. Und die ist nun einmal gestiegen, das beweist ja nicht nur die Statistik, die ja nur die Zahl der Anzeigen zusammenfasst und nicht die der Verurteilungen, das braucht mir keiner zu erklären, das weiß ich ohnehin. Das beweisen die Zahlen der Insassen in unseren Gefängnissen. Und die sind eben längst zur Hälfte, also fast zur Hälfte Ausländer.

Da kann man dann lang und breit herumrelativieren, dass ja mehr Männer als Frauen zu uns gekommen sind, und da wiederum hauptsächlich junge Männer und dass junge Männer in jeder Gesellschaft die kriminellste Gruppe sind, es ist trotzdem so, dass die Ausländer krimineller sind als die Inländer. Punkt.

Den Schwerpunkt innerhalb meines Schwerpunkts habe ich auf die Vergewaltigungen gelegt, weil das ist ein furchtbares Verbrechen. Ich glaube ja sogar, dass das nie mehr weggeht von der Seele von so einer vergewaltigten Frau. Im Chronikressort haben wir ja dauernd solche Fälle. Das war früher nicht so. Vergewaltigung im Klo am Praterstern, Vergewaltigungsversuch im Prater, Vergewaltigungsversuch auf der Donauinsel, Vergewaltigung beim Inselfest. Und immer sind es Afghanen und einmal ein Iraker, jedenfalls Flüchtlinge, das muss man dann eben auch klar mitteilen. Das dient ja dem Schutz der Frauen, dass wir da die Bevölkerung auf diese Gefahr aufmerksam machen. Und von unseren Frauen haben ja wirklich immer mehr Angst und trauen sich nicht mehr ohne Pfefferspray aus dem Haus. Das kann so nicht bleiben. Wo kommen wir hin, wenn sich unsere Frauen fürchten, auf die Straße zu gehen?

Ich war schon gespannt, wie die anderen Medien über die Kriminalitätsstatistik berichten werden. Und siehe da: Alle haben sie die Asylantenkriminalität als Headline genommen. Alle, von den sogenannten Qualitätsblättern bis zu den Fernsehnachrichten. Weil es eben ein wichtige Nachricht ist und nicht eine zugespitzte, eine, der ich einen Spin gegeben hätte, wie das heute heißt. Nein, diese Kriminalität ist ein Faktum und ich berichte über Fakten. Für die gesunkene Zahl an Wohnungseinbrüchen habe ich dann keinen Platz mehr gehabt. Aber das ist eh nicht so eine wichtige Information.

Diese Afghanen, die sind ein echtes Problem. Von denen haben wir einfach zu viele und fast alle sind junge Männer ohne Familie, das ist ganz schlecht, weil die haben ja in Afghanistan in Familien gelebt und wurden dort erzogen. Bei uns rennen sie ohne jede Kontrolle herum, kennen sich nicht aus und dann passieren solche Sachen wie die Vergewaltigungen. Ich war nie in Afghanistan, aber man weiß ja aus den ganzen Fernsehbeiträgen und den Reportagen in den großen, seriösen Zeitungen aus Deutschland, wie die Gesellschaft in Afghanistan ist. Alle Frauen müssen sich vermummen in diesen Burkas, die Männer und die Frauen sind außer in der Familie streng getrennt, die Familien suchen die Ehefrauen für ihre Söhne aus. Und alle zusammen haben sie kein Geld und deshalb kommen die zu uns und kriegen die Mindestsicherung.

Diese Besserwisserin aus dem angeblichen Qualitätsblatt, die versteht diese Mechanismen nicht. Die sagt immer, wenn wir bei einer Pressekonferenz herumstehen und auf den Informanten warten, weil Journalismus bedeutet ja unglaublich viel Warten: „Ja, ja, sitzt der Afghane am Hindukusch und googelt die Mindestsicherung!" Natürlich ist das ein Blödsinn. Aber kein Blödsinn ist, dass die alle ein Handy haben, da fragst du dich auch, von welchem Geld, und dass die dann ihrer ganzen Sippe in Afghanistan sagen, sie sollen zu uns kommen, weil da gibt es die Mindestsicherung. Pull-Faktor nennen es die Experten. Und der Innenminister sagt das auch und der hat ja seine Fachleute im Ministerium, die ihm die Beweise zusammentragen.

Klar gibt es auch diese Push-Faktoren. Und in Afghanistan ist eben alles kaputt. Die haben ja Krieg seit 1979, seit die Sowjets dort einmarschiert sind, ich kann mich noch gut daran erinnern. Aber jetzt ist Afghanistan ein sicheres Land, das hat die EU offiziell festgestellt. Ich glaub's zwar nicht, aber als Journalist kann ich nicht die EU ignorieren, noch dazu bei einem für uns so wichtigen Thema. Also sollen die Afghanen nach Hause zurückgehen und ihr Land aufbauen. Unsere Eltern haben das schließlich auch gemacht nach dem Weltkrieg. Wenn ich der Besserwisserin mit dieser Logik komme, kontert sie immer sofort mit: „Hätten's es nicht zusammengehaut, hätten's es nicht wieder aufbauen müssen, unsere Eltern und Großeltern!"

Das ist haarsträubend blöd, was die da sagt. Wie hätten den die Leute damals wissen sollen, was aus der ganzen Hitlerei wird? Es hat doch gar keine Möglichkeiten der Information gegeben, das können wir uns heute ja gar nicht vorstellen. Heute kann keiner mehr sagen, ich habe nichts gewusst, aber damals sehr wohl. Die Leute hatten doch keine Ahnung, was aus der

Sache werden würde. Der Vati hat auch gesagt, dort, wo es gestanden ist, in „Mein Kampf", da hat ja keiner hineingelesen, weil ein guter Autor war der Hitler nicht und sein Buch hat kein Mensch gelesen, nicht einmal die echten Nazis.

Als junger Erwachsener habe ich versucht, „Mein Kampf" zu lesen, weil ich wissen wollte, ob man es hätte wissen können. Im Gymnasium haben sie uns ja nichts aus dieser Zeit berichtet, das ist alles nicht vorgekommen im Geschichtsunterricht. Sechsmal haben wir die Steinzeit durchgenommen in acht Jahren Gymnasium und kein einziges Mal die KZs. Immer hat's im Geschichtsunterricht knapp vor dem Anschluss abgeschnappt wie bei einer gestörten Telefonleitung. Deshalb habe ich die Sache selbst in die Hand genommen und mir „Mein Kampf" aufs Klo gelegt, weil wir hatten das Buch ja zu Hause. Und ich habe mir gedacht, auf dem Klo kann ich sonst nichts machen außer lesen und eh schon wissen.

Aber weiter als bis zur Seite 45 bin ich nicht gekommen. Das war mir echt zu viel Geschwafel. Und wenn mich heute jemand fragen würde, was auf diesen 45 Seiten gestanden ist, ich kann es nicht sagen. Als die Mutter tot war, habe ich einen Antiquar kommen lassen und ihm diese unlesbaren alten Bücher verkauft. „Mein Kampf" hat 500 Schilling gebracht, da könnte ich mit der Sonja heute nobel essen gehen um das Geld!

Das dünne Heft mit der Rassenlehre, das war auch recht wertvoll. Aber gut, dass das weg ist, das war wirklich erschreckend. Ich erinnere mich noch schemenhaft an die Zeichnungen mit den Köpfen von Menschen aus aller Herren Länder und wie man damals aus der Höhe der Stirn auf die Intelligenz geschlossen hat. Wenn es danach ginge, müsste ich ein Halbdebiler sein bei meiner niedrigen Stirn! Heute weiß man ja, dass diese Schädelmessungen und all diese Einteilungen ein vollkommener Holler waren, weil wir ja eh alle mehr oder weniger gleich sind. Also nicht vom Charakter und der Religion und der Kultur, aber die kann man ja nicht vermessen.

Rassen, sagt die moderne Forschung, gibt es eigentlich gar nicht, weil wir alle vom selben Ursprung abstammen. Na ja, für Tiere gibt es die Rassen im menschlichen Sprachgebrauch schon, aber nicht als Unterscheidung innerhalb einer Gattung. Oder hat schon einmal jemand von der Rasse der Delphine gehört oder der Rasse der Goldfische? Aber auch außerhalb der Meere und Flüsse sucht man die Rassen in freier Wildbahn vergeblich. Die Rasse der Regenwürmer? Die der Rehe? Nein, Rassen hat der Mensch für andere Menschen erfunden und für die Tiere, mit denen er lebt, für die Haus- und Nutztiere. Da dienen sie dann, wie beim Menschen, als Beurteilung für die edleren und weniger edlen. Nur dass die edlen nicht zwingend die durchsetzungsfähigeren sind, die langlebigeren und die intelligenteren.

Jö, jetzt ist wieder ein Fisch aus dem Wasser gehüpft! Schön ist es hier am Wasser, im Schatten der Trauerweide. Trauerweiden habe ich immer schon gemocht. Sonst kenne ich mich ja mit Bäumen nicht so aus, aber die Trauerweiden kenne ich aus dem Stadtpark. Die haben so etwas balletthaft Elegantes, wenn nur der leiseste Windhauch weht, und gleichzeitig wirken sie so frisch mit ihren kleinen, zartgrünen Blättern.

Ich glaube, ich werde die Sonja fragen, ob sie sich eine Woche freinehmen kann. Ich will mit ihr nach Italien, gleich nächste Woche, da könnte ich mir freinehmen. Sie war ja noch nie in Italien, sie war außer in Moldawien und in Rumänien und in Österreich überhaupt noch in keinem anderen Land, obwohl sie einen rumänischen Pass hat, denn den kriegte man früher, als Rumänien erst kurz in der EU war, als Moldawier ganz leicht, hat sie mir erzählt. Und dann war man EU-Bürger und konnte in der EU herumreisen, so viel man wollte. Ganz legal war das ja nicht, eigentlich ein total illegales Schlupfloch, aber was will man von dem korrupten Rumänien erwarten? Und, ganz ehrlich, ohne das bisschen Betrug hätte ich die Sonja nie kennengelernt!

Heutzutage kann man die moldawische Staatsbürgerschaft ganz legal kaufen. Man blättert 250.000 Euro auf den Tisch und ist Moldawier. Und weil die Moldawier seit 2014 ohne Visum in die EU dürfen, kann da jetzt ein jeder kommen. Vor allem Russen. Denn dieses seltsame Gesetz hat der prorussische Präsident in Chișinău initiiert, weil er russische Investoren anlocken wollte. Dass der Moldawier damit Erfolg hat, glaube ich ja eher nicht. Die reichen Russen gehen doch nach Zypern oder nach Klosterneuburg oder in die Wiener City.

Ich möchte der Sonja gerne mein Italien zeigen, das österreichische Küstenland, wie es heißt, obwohl es ja schon lange nicht mehr Österreich ist. Wir könnten bis nach Kärnten durchfahren und in Griffen übernachten. Ich möchte wieder einmal in die Tropfsteinhöhle, die ist etwas ganz Besonderes. Die Tropfsteinhöhle habe ich durch den Vati kennengelernt, das war sehr schön damals mit ihm zusammen. Da sind wir mit dem Zug und dem Bus nach Kärnten gefahren und in diese Höhle hinabgestiegen. Winzig ist die im Vergleich zu der großen im Karst von Triest, wo man in die größte Halle die Peterskirche von Rom hineinstellen könnte. Aber die Kärntner Tropfsteinhöhle ist die bunteste, ich glaube sogar, von ganz Europa.

Der Karst in Italien und in Exjugoslawien hat nicht so viele Metalle und sonstige Sedimente wie der Berg in Kärnten. Deshalb ist diese kleine Höhle so farbenprächtig. Da gibt es diese gelborangen Stalaktiten. Immer muss ich nachdenken, wie die heißen, die von unten nach oben wachsen und die von oben nach unten. Aber da gibt es ja diese Eselsbrücke mit den Titten der Frau, die eben Richtung Boden hängen. Zum Glück nicht bei der Sonja, die hat perfekte Brüste. Nicht diese Birnenform, die ich nicht mag, sondern runde, volle Apfelbrüste. Wenn sie jetzt neben mir säße, ich würde glatt ein bissl hineingreifen ins Volle, sogar in der Öffentlichkeit hier am Wasser. Am anderen Ufer turteln welche und ich, ich muss zuschauen und kann nur davon träumen. Wäre die Sonja jetzt hier, sie würde mich um die Hüfte nehmen und ihr ist es egal, ob ich einen leichten Schwimmreifen habe oder nicht.

Für mein Alter bin ich insgesamt gut in Schuss. Nur wenn ich mich zufällig auf der Straße in einer Auslagenscheibe von der Seite sehe, erschrecke ich. Weil von der Seite schaue ich aus wie ein Fragezeichen, mit so einem krummen Rücken und dem vorgebeugten Kopf. Und da kommt dann natürlich das Baucherl heraus wegen dem Hohlkreuz. Aber das ist kein Bierbauch wie bei so vielen anderen in meinem Alter. Das ist nur das Hohlkreuz. Von vorne sieht man den Bauch überhaupt nicht, schon gar nicht unter meinen längs gestreiften Hemden. Andere trage ich ja nicht. Höchstens in der Freizeit ein dunkles T-Shirt, da verspielt sich der Bauch auch.

In der Kärntner Tropfsteinhöhle haben sie die so genannte Fleischkammer, wo von der Decke tiefrote Stalaktiten hängen, die schauen wirklich aus wie der geselchte Schinken in einer Bauernkammer. Die Sonja hat sicher noch nie so eine Tropfsteinhöhle gesehen. Danach könnten wir in den Souvenirshop gehen und ein kleines Andenken an unseren ersten gemeinsamen Ausflug außerhalb von Wien kaufen. Dann übernachten in der Pension ganz in der Nähe von der Höhle und am nächsten Tag weiterfahren nach Grado.

Grado ist meine schönste Jugenderinnerung, obwohl der Vati da nicht mehr dabei war. Da konnten wir hinfahren, weil der Bruder von der Mutter gestorben war. Der hat uns Geld vererbt, viel für damalige Verhältnisse. Die Mutter hat Grado aus der Erzählung von der Dame im dritten Stock gekannt, die sind jedes Jahr dorthin gefahren, sie, ihr Mann und ihre Tochter. Dadurch haben wir auch ein Hotel gekannt, das Parco alla Salute. Es war ein gutes Hotel. Jedes Zimmer mit Balkon auf die Fußgängerzone. Und mit Dusche und WC. Ich kann mich noch gut erinnern, wie ich am Anfang dort fast nicht Zähne putzen konnte, weil das Leitungswasser so braun war und gestunken hat es auch, das waren wir Wiener mit der Zweiten Hochquellenleitung nicht gewohnt, so eine braune Brühe!

Das Hotel gibt es nicht mehr, das ist sehr schade. Ich bin ja ein Gewohnheitstier, ich fahre am liebsten jedes Jahr nach Grado und am liebsten in dasselbe Hotel. Im Parco alla Salute gab es im Hotelgarten eine riesige Muschel aus Hartplastik, da sind jeden Abend Musiker drinnen gestanden und haben die typischen Lieder aus der damaligen Zeit gespielt. Azzurro vom Celentano, das aber eigentlich der Paolo Conte geschrieben hat. Den kannte bei uns keiner, der wurde erst modern, weil eine Fernsehwerbung mit einem seiner Lieder unterlegt war. Ein echter Ohrwurm und eigentlich eher was für Kinder war dieses „La bella tartaruga, che cosa mangerà, ah, ah, ah". Ich habe mir das damals übersetzen lassen, das ist ein unglaublich blöder Text. „Die schöne Schildkröte, was wird sie fressen?" Aber die Melodie war so eindringlich, die habe ich heute noch im Ohr. Da sieht man wieder einmal, dass man sich die blödesten Sachen viel leichter merkt als die gescheiten!

In dem Gebäude vom Parco alla Salute ist jetzt unten eine Bank drinnen, mit unglaublich vielen Sicherheitstüren. Da ist man für 20 Sekunden sogar eingesperrt in einer engen Röhre, wie eine Duschkabine. Ich hasse das, da eingesperrt zu sein. Dabei ist Grado unglaublich sicher, nicht so wie sonst Italien. Sogar am Strand kann man alles liegen lassen, da kommt nichts weg. Nicht einmal ein neu gekauftes Badetuch. Ich kaufe die Badetücher immer dort bei den Nordafrikanern. Die Badetücher sind aus Ägypten, 100 Prozent Baumwolle, sehr preisgünstig. Und sie halten viele Jahre. Eher bleicht die Farbe aus, als dass das Material kaputtgeht oder auch nur ausfranst.

Das ist auch interessant, diese Nordafrikaner, ich glaube, die sind alle Marokkaner, sind schon länger in Grado als alle anderen Fremden, abgesehen von den Touristen. Die gehen mehrmals täglich den gesamten Strand ab mit ihren Handtüchern und den Teppichen und schleppen sich halb zu Tode in der Hitze. Allein das Barfußgehen im trockenen, heißen Sand ist ordentlich anstrengend auf Dauer. Ich gehe ja nur gern im nassen Sand am Ufer, der ist fast so hart wie ein Straßenbelag. Die Verkäufer aus Bangladesch, die viele Jahre später gekommen sind mit so sinnlosem Klimbim für die jungen Mädels, die haben in der Zwischenzeit mehrere Geschäfte in der Altstadt. Und die Afrikaner schleppen sich noch immer ab und haben es zu nichts gebracht.

Bis vor zwei Jahren dachte ich ja, das würde an der Religion liegen. Diese Moslems, die sind vielleicht auf ihren Basaren zu

Hause geschäftstüchtig, aber bei uns nicht. Die aus Fernost, die sind ganz anders, geschickter irgendwie. Aber dann hat mir der Giovanni, der jetzt schon auf die 80 zugeht, aber immer noch unglaublich gut ausschaut mit seinem dichten Haar und seinem vom Schwimmen gestählten Körper, erzählt, die Polizei hätte den einen Bangladescher aus seinem Laden geholt, weil man dahintergekommen ist, dass der mit dem IS sympathisiert hat. Seither weiß ich, dass diese geschäftstüchtigen Asiaten auch Moslems sind und dass die eben auch im kleinen Grado Fuß gefasst haben. Zum Glück haben die Carabinieri diesen Fanatiker ohne großes Tamtam weggesperrt. Es reicht ja, dass man nicht mehr nach Ägypten fahren kann und nicht in die Türkei und nicht nach Nizza wegen dem islamistischen Terror. Mein Grado will ich in Ruhe und Sicherheit genießen können!

In Grado gibt es jetzt viele Kellner aus Slowenien und Kroatien, das gab es früher nicht, da waren das alles Italiener. Und eines muss man schon sagen, die Italiener sind charmanter. Was ich mir überhaupt nicht erklären kann, ist, dass alle Putzfrauen in Grado aus Grado sind. Das Putzbusiness ist fest in einheimischer Hand, ganz anders als bei uns, da gibt es ja überhaupt keine urösterreichischen Putzfrauen mehr.

Insgesamt ist Grado schon so geblieben, wie ich es kennengelernt habe, das finde ich richtig schön, da kann man sich heimisch fühlen, wenn sich nicht alle Augenblicke alles ändert. Diese einmalige Altstadt mit den winzigen, verwinkelten Gässchen und dem uralten Steinpflaster haben sie zwar renoviert, weil es kann ja nicht angehen, dass die Leute in dem alten Gemäuer ohne vernünftige Stromleitung leben und ohne Internet, aber sie haben das sehr achtsam gemacht.

Wer Grado, die „Isola d'oro", nicht schon ewig kennt so wie

ich, der wird nichts merken von den Renovierungen dieser Häuschen mit den Blumentöpfen aus aneinander zementierten Muscheln und der Wäsche, die auf der Leine zwischen den Häusern trocknet. Eine Fischerdorf-Postkartenidylle! Die einzige Schande ist dieses Betonding, das von vorne ausschaut wie ein Gerippe und von der Seite wie eine gigantische Zwirnspule, das hätten sie nie bauen dürfen, schon gar nicht direkt am Meer! Aber wer macht keine Fehler, wenn er überhaupt etwas macht?

Dass Österreich, also eigentlich der Kaiser, dieses kleine Paradies kampflos aufgegeben hat, ich glaube, das war 1915, ist eine Schande! Und bis heute trifft man so viele Gradeser, die lieber heute als morgen zu Österreich zurückkehren würden, als bei einem Italien zu bleiben, über das sie nur den Kopf schütteln. Jedes Mal, wenn ich mit dem Giovanni über die österreichische Politik rede und den Kopf schüttle, sagt er nur: „Reg' dich nicht auf. Das ist bei uns alles noch viel schlimmer!" Und ich sage dann immer: „Ja, aber bei euch verstehe ich es wenigstens nicht!" Und wenn er versucht, mir in seinem sensationellen Deutsch zu erklären, woran die Politik bei ihnen scheitert, verstehe ich tatsächlich rein gar nichts.

Ich finde, Grado hat sich enorm gut geschlagen auf dem Weg von der Tradition in die Moderne, in eine menschenverträgliche Moderne. Dabei haben sie es dort echt schwer, weil: Wo immer sie in der Erde buddeln, weil sie eine Leitung verlegen wollen, stoßen sie auf Relikte aus der Römerzeit und die darf man nicht verbauen. Auf dem Platz hinter dem Rathaus ist ihnen das passiert, da haben sie eine kleine Ausgrabungsstätte daraus gemacht. Hinter der Kathedrale haben sie angeblich sofort wieder zugeschüttet, als sie auf römische Steine gestoßen sind, damit sie nicht noch eine Ausgrabungsstätte machen müssen.

Die Gradeser bewahren ihr Erbe, nicht so wie in Wien, wo sie mit einem Hochhaus das Weltkulturerbe verschandeln. Ich weiß natürlich, dass wir noch gar nicht so lang auf der UNESCO-Liste stehen mit der Wiener Altstadt und ich weiß auch, dass den meisten Touristen ganz egal ist, ob wir Weltkulturerbe sind oder nicht. Aber zu riskieren, von dieser Liste wieder gestrichen zu werden, war schon eine ordentliche Schnapsidee von diesen Chaoten, die in der Stadtregierung sitzen. Überall bauen die Fahrradwege, machen den Autofahrern das Leben zur Hölle, nerven uns mit ihrem Bio- und Öko-Fanatismus, manche sagen ja Faschismus dazu, und dann, das ist wirklich ein Treppenwitz der Geschichte, sind's für ein Hochhaus und ruinieren uns unseren Ruf als Kulturmetropole!

Die in Grado haben auch modernisiert, aber mit Augenmaß. Jetzt kann man dort schon lange das Wasser aus der Leitung trinken. Es schmeckt natürlich nicht so gut wie unser Hochquellwasser vom Semmering, aber es stinkt nicht mehr und es ist durchsichtig, so wie Wasser zu sein hat. Sie haben auch eine ordentliche Kläranlage weit draußen in der Adria gebaut, was gar nicht so einfach ist, weil sie haben ja im Sommer zehn Mal mehr Menschen als Einwohner und im Winter sind sie gerade einmal Zehntausend. Dieses Auf und Ab an Einwohnern macht jede Planung schwer, hat mir der Giovanni erzählt, der war ja einmal Stadtrat und kennt sich aus.

Es hat sich schon einiges geändert dort, seit ich jung war, aber fast alles zum Vorteil. Seit ein paar Jahren gibt es sogar Radwege bis nach Aquileia und auf der anderen Seite bis in die Pineta und weiter Richtung Triest. In der Pineta bin ich weniger gern. Wohl stehen noch einige Pinienbäume und duften herrlich. Aber es gibt so viele neue Bauten dort, so viele Hotels und Pensionen, aber keinen Altstadtkern wie rund um den Campo dei Patriarchi im Zentrum von Grado.

In Aquilea sind wir immer stehen geblieben, die Mutter und ich, bevor wir weiter sind nach Grado mit unserem VW-Käfer. Das war ja damals schon sehr erstaunlich, dass die Mutter überhaupt den Führerschein gemacht hat. Und auf Anhieb bestanden, obwohl sie ja nicht so der Techniktyp war. Sie hat gesagt, so ein Auto, das bedeutet Freiheit, da kann man sich hineinsetzen und alles hinter sich lassen aus dem Alltag. Der VW war natürlich übertragen, aber der hat super gehalten. Ganz anders als diese neumodischen Hybridautos, wo man zwar alles, was die bieten, ausschalten kann, aber wozu wird es eingebaut, wenn man es dann umständlich unschädlich machen muss?

Kaputt geht das elektronische Zeug natürlich auch viel schneller als das mechanische. Wenn ich mir vorstelle, dass ich damals am VW eine Scheinwerferlampe nur mit einem Schraubenzieher austauschen konnte, das glaubt dir ein Junger heute ja gar nicht! Heute musst du mit dem Auto in die Werkstatt, weil ohne Mechaniker geht gar nichts mehr. Schöne neue Welt! Wenn ich daran denke, wie wir, die Burschen aus der Gasse, am Sonntag die Karren unserer Eltern auf Hochglanz gebracht haben mit der Autopolitur und einem weichen Fetzen und ordentlich viel Muskelkraft, muss ich lachen. Das frühere Sonntagshobby der Männer – schon ewig ausgestorben!

In Italien war die Mutter viel gelassener als in Wien. Sie hat viel mehr gelächelt. Und wenn sie gelächelt hat, dann konnte man ahnen, dass sie einmal eine hübsche Frau war. Dass sie auch einmal begehrenswert war. Und ich glaube sogar, dass sie gern begehrt worden wäre. Aber anscheinend nicht vom Vati. Wenn sie, wie man heute sagen würde, gut drauf war, dann war sie zwar keine Schönheit, aber eine Hübschheit mit hohen Backenknochen und einem vollen Mund.

Die Sonja hat auch volle Lippen. Und sie lächelt auch in Wien. Das ist mir sehr recht, das macht eine viel bessere Stimmung, auch wenn wir gerade nichts Besonderes tun oder nur stumm beim Wein sitzen. Die Mutter hat ja zum Schluss gar keine Lippen mehr gehabt, nur einen Strich, so zusammengekniffen war ihr Mund vom ganzen vielen Lebensfrust. Die hat das Leben nur mit zusammengebissenen Zähnen ertragen und das Resultat war nicht gerade schön anzusehen. In Italien hat sie ganz anders ausgeschaut, da hat sie sogar die Haare offen getragen und sich ein paar bunte Sommerkleider gekauft und Sandalen, als sie noch nicht so ganz alt war.

In Grado ist sie auch immer zum selben Schuhverkäufer gegangen. Das Schuhgeschäft in Grado hatte die gleichen Modelle wie in Wien, aber wesentlich billiger trotz der besseren Qualität, die hatten eben echte italienische Qualität, die wird jetzt auch verdrängt von der Billigkonkurrenz von weißgottwo. Einmal haben sie uns auf der Rückfahrt nach Österreich am Zoll aufgehalten und die Mutter musste Strafe zahlen, weil wir mehr mithatten, als erlaubt war. Richtiggehend peinlich war uns das, ertappt zu werden. Besonders der Mutter. „Dass ich mir da jetzt von so einem jungen Tutter die Gesetze erklären lassen muss!", hat sie gestöhnt. „Und was das jetzt wieder kostet!"

Damals hat es in Wien ja weder Chianti gegeben noch Olivenöl oder etwas anderes als diesen Scheiblettenkäse und die

Käs-Eckerln. Die guten Sachen haben wir überhaupt erst in Italien kennengelernt. Und dann hat die Mutter eben zugeschlagen mit dem Geld aus ihrem Erbe und diese bauchigen, bastumwickelten Chiantiflaschen gekauft und Käse und gute Salami, nicht so eine wie die ungarische, sondern eine, in die konnte man hineinbeißen, so weich war die. Na ja, unsere Beute war halt viel zu wertvoll, viel zu teuer für den Import nach Österreich. Und heute düst man da durch, von einem Land ins andere, und kein Schwein hält einen mehr auf!

Das ist schon gut an der EU, dass es da keine Grenze mehr gibt zwischen Italien und Österreich und keinen Zoll und dass man einkaufen kann, so viel man will. Da bin ich schon sehr dafür, dass das beibehalten wird, weil über Oberitalien kommen sowieso keine Flüchtlinge zu uns. Überhaupt bin ich schon eher für die EU, weil das, was die Leute so sagen, das stimmt eigentlich nicht. Dass alles teurer geworden ist durch die EU und dass alles so überreguliert ist und dass wir nichts mehr zu reden haben.

Aber so ein komplexes Gebilde wie die EU mit ihrer Kommission und den Staats- und Regierungschefs und den Ministerräten ist den kleinen Leuten nicht zu erklären. Na ja, sollen sie ruhig schimpfen. So blöd, dass wir austreten, sind wir dann ja doch nicht, schon gar nicht nach dem Brexit, da würde auch meine Zeitung gegensteuern. Schließlich haben wir damals vor der Volksabstimmung über unseren Beitritt auch wochenlang erklärt, warum wir zur EU sollen. Damals haben sich alle vernünftigen Kräfte in der Republik zusammengeschlossen und es hat geklappt. Weil bei aller Kritik und allen Vorbehalten und bei aller Nörgelei, die bei uns Österreichern offenbar genetisch ist, am Ende sind wir dann doch vernünftig. Jedenfalls die große Mehrheit. Damals waren es mehr als zwei Drittel und das wäre heute auch nicht viel anders.

Ach, Grado, ich will mit der Sonja nach Grado! Seit es mein früheres Hotel nicht mehr gibt, bin ich von einem Haus zum anderen gepilgert, jedes Jahr woandershin. Dann habe ich das Hotel alla Città di Trieste gefunden, seither fahre ich jedes Jahr dorthin. Allein der Blick vor dem Schlafengehen auf das laternenbeleuchtete Hafenbecken ist unbezahlbar, das Hotel aber schon. Hier fühle ich mich wohl, hier ist es familiär und man ist in drei Minuten bei der Kathedrale und den guten Ristoranti in der Fußgängerzone.

In Wien hat es damals fast überhaupt keine frischen Fische gegeben und wenn, dann waren die aus der Nordsee. Das Meiste war aus dem Tiefkühlfach und hat nie so gut geschmeckt wie der frische Fang aus der Adria. Wenn der Fisch in der Früh noch herumschwimmt im Meer und am Abend auf dem Teller liegt, das ist schon ein Genuss! In Grado kann man, wenn man sehr früh aufsteht, den Fischern, wenn sie zurückgekommen sind aus dem offenen Meer und beim Hafen angelegt haben, zuschauen, wie sie ihren Fang sortieren, um ihn den Restaurants und dem Fischgeschäft zu verkaufen. Vielleicht stehe ich mit der Sonja auch einmal so früh auf und wir genießen dieses Gratisschauspiel. Allein der Anblick vom Hafen und dem Kanal, der in die Lagune führt, ist ja ein Genuss! Da spiegeln sich die Farben der Boote wie auf einem Gemälde von Monet.

Aus dem Toni, dem alten Lieblingslokal von der Mutter, ist im Laufe der Jahre ein Nobelrestaurant geworden, der hat sich mit seiner Qualität durchgesetzt, da zahlt man jetzt allein für das Stofftischtuch und die Stoffserviette vier Euro. Coperto steht auf der Rechnung, jetzt habe ich mir das endlich doch gemerkt! Happig, aber einmal pro Aufenthalt gönne ich mir das. Das Essen ist zwar sauteuer, aber so gut isst man sonst nirgends, auch wenn der Toni nicht auf Platz 1 der offiziellen Liste der besten Speiselokale steht. Wenn ich bei ihm einkehre, dann bestelle ich mir auch ausreichend Prosecco, der schmeckt ganz anders als der aus dem Supermarkt bei uns. Das nächste Mal muss ich ein paar Flaschen nach Wien mitnehmen, die Sonja trinkt ja gerne Prosecco! Und mit ihr schmeckt er mir auch in Wien.

Ich werde die Sonja zum Toni ausführen, das haben wir uns beide verdient. Sie arbeitet so viel, eigentlich viel zu viel, sie hat ja kaum Zeit für mich. Wobei ich gar nicht recht weiß, was sie da genau arbeitet als Empfangsdame und wo. Da ist sie komisch, sie will nicht, dass ich sie von ihrem Arbeitsplatz abhole, aber egal. Ich arbeite auch viel und deshalb müssen wir es uns auch einmal gut gehen lassen! Nach der Fischplatte beim Toni gehe ich mit ihr promenieren auf der Diga. Ha, endlich habe ich mir auch gemerkt, wie die Gradeser die Promenade nennen! Oder vielleicht gehen wir besser vor dem Abendessen spazieren, dann können wir uns den Sonnenuntergang am Ende der Diga anschauen, der ist immer wie gemalt.

Den Sonnenuntergang schauen sich auch die Gradeser an, wie in einem Open-Air-Theater, mit gezückten Handys und die Profis mit riesigen Teleobjektiven auf ihren Fotoapparaten, weil der Sonnenuntergang ist dort wirklich einmalig. Irgendwo am Horizont, wo der riesige rote Ball in den Wellen versinkt, liegt Venedig. Da könnten wir auch einmal hinfahren, die Sonja und ich, später einmal, vielleicht auf Hochzeitsreise.

Auf dem Weg zum Bezahlstrand bleibe ich immer bei den Kanaldeckeln aus der Monarchie stehen, die gefallen mir und ich werde ein wenig nostalgisch. Nostalgisch ist das falsche

Wort, weil ich habe ja nicht in der Monarchie gelebt. Aber schön wäre es schon, wenn Österreich noch sein Meer hätte, das österreichische Küstenland. Damals, in der Kaiserzeit, wurde Grado ja erst zu dem, was es heute ist, ein Touristenmagnet. Ich glaube, die ersten Villen haben sie 1902 gebaut.

In Wien hat Grado der Josef Maria Auchentaller bekannt gemacht, der erst in den letzten Jahren wieder aus der Versenkung auftaucht. Früher habe ich von dem nie etwas gehört, aber jetzt feiern sie ihn in Grado. Der war ein Sezessionist und ein Kollege vom Gustav Klimt, nur dass der Auchentaller ganz vergessen wurde, eben weil er mit seiner Frau nach Grado übersiedelt ist. Dieses ganz bekannte Bild, das „Österreichische Küstenland"-Bild, stammt von ihm. Das hängt als Druck in der Rezeption von meinem Hotel. Und als Postkarte kriegt man es auch. Ganz modern war das damals, als er es gemalt hat. Und heute ist es noch immer schön, mit so viel Leichtigkeit gemalt.

Mit der Sonja könnte ich das Taxiboot nehmen und auf die Insel in der Lagune fahren. Die mit dem Restaurant, wo man so gut isst. Ich weiß nur nicht, ob die Sonja nicht seekrank wird. Das wäre schade, weil auf der Insel haben sie richtig ehrliches Essen, nicht so ein Schickimicki-Zeug mit Bachforelle an Ingwerschaum. Die haben wenige Speisen zur Auswahl, aber die sind perfekt und das für einen sehr anständigen Preis. Am besten, wir überlassen dem Wirt dort die Essensauswahl, das ist ja viel gescheiter als die Speisekarte zu studieren. Da können wir dann einfach sitzen, aufs Meer schauen, und sonst gar nichts tun außer uns anlächeln und ein bisserl zärtlich sein und glücklich.

Wenn wir ganz viel Glück haben, dann singt der Wirt, das mag ich sehr. Da gibt es diese Art Hymne von Grado, „Mamole,

Mamole", das sind, glaube ich, die Frauen, die man da besingt. Grado hat ja einen eigenen Dialekt, da versteht man kein Wort. Ärger als in Sizilien, denke ich. Aber in Sizilien war ich ja nie. Bei „Mamole, mamole" kann ich zwar nicht mitsingen, aber mitsummen, das kann ich. Das ist dann Urlaubsfeeling, so befreiend, richtig schön!

Die andere Hymne, die will ich die Sonja auch unbedingt hören lassen. Da muss ich mich dann zwar zusammenreißen, weil außer bei Tierfilmen treibt es mir nur bei dem Gradeser Lied die Tränen in die Augen. Aber da bin ich nicht der Einzige. Wenn der Fischerchor in der Kathedrale Sant'Eufemia das „Madonnina del mare" anstimmt, da singt die ganze Kirche mit, die Gradeser sowieso und auch alle Touristen, die das Lied kennen. Die meisten Touristen kommen ja jedes Jahr hin, so wie ich, und die können es zum Teil auswendig. Ich habe es nie über den Refrain hinausgebracht, in dem es um die Fischer geht, die aufs offene Meer fahren und dass sie behütet sein sollen von der kleinen Madonna des Meeres. Vom eigentlichen Text verstehe ich nahezu nichts, aber das macht nichts.

Italienisch habe ich nicht richtig gelernt, außer das Bisserl im Urlaub in Grado. „Madonnina del mare" ist ein einzigartiges Lied, da kriegt man einfach feuchte Augen vor Rührung. Die kriege ich ja sogar jetzt, wo ich die Melodie nur im Kopf höre samt dem Applaus der ganzen Kirchengemeinde am Ende. Das ist wie nach einem guten Konzert. Eigentlich bin ich ein wirklich gefühlvoller Mensch. Und falls es mich überkommt, wenn ich dann mit der Sonja in der Kirche stehe, dann schaue ich halt weg, weil sehen muss sie nicht, wenn ich schlucke, das wäre mir dann irgendwie doch noch zu intim.

Vor dem Essen beim Toni könnten wir zum Juwelier gehen.

Vielleicht sollte ich der Sonja einen Ring kaufen, als Zeichen meiner Verbundenheit mit ihr. Sie trägt ja ansonsten immer nur so großen Modeschmuck, der macht mir fast ein bisschen Angst, der sieht aus wie Schlagringe. So ein zarter Ring mit einem kleinen Stein würde ihr gut passen, sie hat ja schlanke Finger und sehr gepflegte Hände. Gepflegt wie die Haare.

Ein Ring müsste es sein, der zum Kreuz passt, das sie an der Kette trägt. Die sind schön, diese orthodoxen Kreuze, viel kunstvoller als unsere katholischen. Und vor allem ohne diesen angenagelten Leichnam. Das ist schon absurd, dass das christliche Abendland so eine sagenhaft brutale Darstellung als das anzubetende Symbol ausgewählt hat!

Wie sorgsam die Sonja das Kreuz immer abnimmt und auf das Nachtkasterl legt, bevor wir miteinander ins Bett gehen. Das hat sie im Hotel auch immer gemacht, in das wir früher gegangen sind. Die Kette mit dem Kreuz, die legt sie ab, als sollte die nicht entehrt werden. Seltsam ist das.

Mittwoch

AM FRÜHEN ABEND, IM GASTGARTEN

Heute geht aber auch alles schief! Erst in der Redaktion und jetzt gerade hat mir die Sonja abgesagt. So ein Mist, ich hatte mich so darauf gefreut, ihr von meinem Plan zu erzählen, nach Grado zu fahren und was wir dort alles sehen und machen und erleben werden! Und wie wir am Meer sitzen und den Wellen lauschen und auch einmal ein bisserl schweigen, in stiller Übereinkunft.

Nicht nur, weil ich mich schon so auf diesen gemeinsamen Urlaub freue, geht sie mir jetzt richtig ab, sondern auch weil sie mich von diesem Scheißtag abgelenkt hätte. Ja, auch dazu sind Partner da! Dass man sich ablenkt, vielleicht einmal auch anlehnt, auch als Mann an der Schulter einer Frau! Und was ist? Ich sitze schon wieder alleine da, schaue in mein Glas und in meine Gedankenwelt, in der es zugeht wie in der großen. Ein Durcheinander, ein nicht zu ordnendes, ein böses Chaos!

Wenn das so weitergeht mit dem Journalismus, dann gute Nacht! Dann ist das ja kein Journalismus mehr, sondern reines Kampagnisieren für oder gegen etwas! Und das Schlimmste daran ist, dass die, die den Journalismus zu Grabe tragen, es nicht einmal kapieren. Und auch nicht kapieren, dass hinter dem Fokussieren auf ein Thema 27 andere, vielleicht weit wichtigere Themen, von den Politikern versteckt werden können, und dass die wichtigen Punkte in der öffentlichen Wahrnehmung gänzlich untergehen. Und irgendwann sind dann die Realität und die öffentliche Meinung durch die veröffentlichte Meinung zwei vollkommen verschiedene Angelegenheiten. Wie bei einem Schizophrenen wird das werden in der gesamten Gesellschaft!

Da muss man sich schon fragen, cui bono? Wem nützt das, wer betreibt das und wer lässt sich da aller instrumentalisieren? Vor ein paar Tagen habe ich ja in dieser deutschen Talkshow, die mir ganz gut gefällt, weil da auch recht viele gescheite Leute eingeladen werden, einen Philosophen gehört. Der hat gesagt, dass die beiden wichtigsten Themen der Zukunft, nämlich die Automatisierung und der dadurch zu erwartende Totalumbau unserer Arbeitswelt sowie der Klimawandel und die durch ihn entstehende Massenmigration aus Afrika, im deutschen Wahlkampf überhaupt nicht vorgekommen sind.

Der hätte einmal unseren Wahlkampf miterleben sollen, der gute Mann! Wir hatten ja überhaupt einen reinen Vergangenheitswahlkampf! Die falsch gelaufene Arbeitsmigration, also die Wut auf die nicht integrierten Ausländer: eine Folge aus den 1970er Jahren. Die Flüchtlingswelle: ein Thema aus dem 2015er-Jahr. Und der Islam in Österreich ist ja überhaupt eine Sache aus der Monarchie! Warum wohl ist der seit 1912 anerkannte Religion bei uns? Wegen der bosnischen Moslems!

Hätte er halt nicht Bosnien annektieren sollen, unser Kaiser, und die Moslems sogar in sein Heer als Verteidiger aufnehmen! Die kann man auf dem Friedhof in der Nähe von Graz besuchen gehen. Aber das macht ja wieder keiner bei uns und das alles weiß anscheinend keiner bei uns! „Lernen's Geschichte!", hat der Kreisky einst einem Reporter gesagt. Das sollte man allen sagen im Land! Ich bin ja wirklich unverdächtig, ein Moslemfreund zu sein. Aber die Verfassung sollte man zumindest als Politiker kennen und da sind die Moslems nun einmal verankert. Mir ist die Verfassung einfach wichtig, unsere demokratische Verfassung, mit der soll man nicht spielen, auch nicht, wenn es gegen die Moslems geht! Aber ich bin ja längst auch eine Minderheit im eigenen Land, mich vertritt überhaupt niemand. Nicht diese Öko-Chaoten, nicht die Gender-Hysterikerinnen und die Rechten auch nicht. Ein Fremder im eigenen Land bin ich!

Über solche Dinge wie Klimawandel oder Automatisierung und überhaupt über all die schwierigeren Zusammenhänge kann man ja nichts in der Zeitung schreiben, weil „Das interessiert doch den Leser nicht!“, wie der Online-Heini immer sagt. „Der Leser will Sachen, die er versteht!“ Und ich denke mir dann immer: Du willst Sachen, die du verstehst, du Halawachl!

Was solche Typen wie der Herr Online anrichten mit meiner Welt, mit meiner untergehenden Welt, kapieren anscheinend weder unsere Chefitäten noch unsere Konsumenten. Und -innen, weil so viel Zeit muss sein, dass man's gendert! Wie ich das alles hasse! Also hassen ist vielleicht zu negativ, weil da hat ja unlängst eine Expertin für islamischen Terrorismus etwas nicht Unvernünftiges gesagt, was in Wahrheit auf jedes Thema zutrifft: Hass entsteht durch Unterlegenheitsgefühle.

So gesehen hasse ich das Gendern und den neuen Journalismus und ganz schön viel an der Politik. Weil es falsch ist, ich es aber nicht ändern kann. Ich bin der Unterlegene der heutigen Zeit! Überrollt von Idioten, wo man hinschaut! Die werden sich alle noch wundern, wenn die merken, was sie aus unserer Gesellschaft gemacht haben! Aber was nutzt es mir, das zu ahnen, was sag' ich, es zu wissen?! Mit Schadenfreude über die Zukunft komme ich heute auch nicht besser durch die Gegenwart und auch nicht durch diesen Scheißtag!

Scheiße sagt man nicht, täte die Mutter jetzt sagen. Würde pikiert vom Essen aufstehen und sich in die Küche verdrücken. Sie hat gesagt, wenn ich während des Essens Scheiße sage, dann sieht sie die auf ihrem Teller. Da kann sie froh sein, dass sie nimmer lebt, weil heute sagt man ja selbst in der hohen Politik Scheiße. Oder arschknapp und so Zeug. Und ich bleibe dabei! Es ist ein Scheißtag, dieser heutige Tag!

Ach was, Karli, reg dich ab! Denn ganz ehrlich, was kümmert es dich, ob die kleine österreichische Welt genauso zu spinnen anfängt wie die große? Für mich geht sich das alles noch aus. Das Pensionssystem, der gesellschaftliche Zusammenhalt, der Friede in unseren Breiten. Und was nach mir kommt, kann mir wurscht sein. Ich hab' ja keine Kinder, die vielleicht von Klimaflüchtlingen überrannt werden, noch viel ärger, als wir 2015 von Kriegsflüchtlingen und diesen Armutsmigranten überrannt wurden und wo kein Politiker in den Jahren davor präventive Politik betrieben hat. In der ganzen EU nicht und bei uns im kleinen Österreich erst recht nicht.

Und was haben sie gemacht, die Herrschaften Politiker? Sie haben sich herausgeredet, was heißt herausgeredet, abgelenkt haben sie die Bevölkerung, indem sie nur noch über die Flüchtlinge geredet haben und über uns, also das Volk, fast gar nicht mehr. Und was macht das Volk? Es versteht sehr schnell, wer der neue Feind ist, ohne auch nur eine Sekunde nachzudenken, wer uns das alles eingebrockt hat durch Blauäugigkeit und Kopf-in-den-Sand-Politik, bis die Flüchtlinge buchstäblich vor der Türe gestanden sind und man nicht mehr wegschauen konnte. Aber da waren dann natürlich die Flüchtlinge schuld und nicht die unfähigen Politiker!

Ich kann mich noch gut erinnern, wie diese Besserwisserkollegin schon 2013 gesagt hat, dass Zehntausende Flüchtlinge kommen werden. Woher die das gewusst hat? Die hat mit zwei, drei Migrationsexperten geredet gehabt, das hat genügt. Und dann war da dieses Massenertrinken im Herbst 2013 vor Lampedusa und da hat sie zu mir gesagt: „Du siehst im Fernsehen nur die Särge von denen, die es nicht geschafft haben. Aber auf jeden, der es nicht geschafft hat, kommen neun, die es schaffen! Die wirst du auch bald sehen! Die werden nicht in Süditalien bleiben oder in Griechenland oder Malta. Die werden sich auf den Weg machen. Bis zu dir nach Hause!", hat sie gesagt und dabei provokant gegrinst. Schrecklich ist mein Papageienhirn, das gewisse Zitate noch Jahre später wiederholen kann wie ein Schauspieler den Text von irgendeinem Klassiker!

Die Besserwisserin nimmt mich immer gern auf den Arm und provoziert mich, weil das bei mir so leicht geht. Ich lasse mich von so Leuten wie der viel zu leicht aus der Bahn bringen! Die erzeugt, genau wie diese Grünen, immer so ein Unterlegenheitsgefühl bei mir. Da fühlt man sich immer bedrängt und moralisch verurteilt obendrein. Bei den Grünen hat sich der Wähler gerächt, veganes Gendering wurde abgewählt! Und ich warte auf eine Gelegenheit, mich an der Besserwisserin zu rächen, irgendwann. Prost, Karli, noch ein G'spritzter!

Statt dass unsere Politiker und erst recht die in der EU geschaut hätten, dass diese Flüchtlinge aus Syrien im Libanon, in Jordanien und in der Türkei bleiben und die aus Afghanistan in der Türkei oder wenigstens in Griechenland, hat man die Gelder für alles gestrichen, was die dort zum Überleben gebraucht hätten, bis die kaum noch zu essen hatten, von Schulen für die Kinder und ordentlichen Lazaretten rede ich da gar nicht. Im Fall von Griechenland hat diese Bankenrettung ja sogar die

Hälfte der Griechen zu Bettlern und Bittstellern degradiert! Und dann haben sie sich auf den Weg gemacht, die Hunderttausenden Flüchtlinge. Das hätte ja jeder von uns auch nicht anders gehandhabt! Was hätten sie denn sonst tun sollen? In Würde verhungern?

Die Einzige, die sich für diese sagenhafte Blauäugigkeit der ganzen EU entschuldigt hat, war die Merkel. Das muss ich schon anerkennen: Mumm hat die Frau, ganz im Gegensatz zu all den Männern, die in Europa das Sagen haben! Unsere hatten es ja leicht, weil kein Mensch ist je auf die Idee gekommen, die zu fragen, ob sie nicht vielleicht ein bisserl was verabsäumt haben vor der großen Flüchtlingswelle. Wir in der Zeitung haben auch nie nachgefragt. Na ja, kein Wunder, mit dem neuen Politstar wollten es sich die Chefitäten und der Innenpolitikgockel ja nicht verscherzen!

Und nachdem sie alles verbockt haben in der Politik und die Flüchtlinge buchstäblich zu Fuß bis zu uns gegangen sind, haben sie von uns diese dumme Willkommenskultur verlangt, ganz besonders der Jungmann, der jetzt der Retter von unserem kleinen Österreich sein soll. „Wir haben zu wenig Willkommenskultur!", hat der damals gesagt. Da hätten wir wohl alle auf die Bahnhöfe eilen sollen und Suppe verteilen und Teddybären an die Kinder. Ich habe aber dazu keine Lust gehabt, weil ich bin nicht zuständig für die Zustände, die ich nicht zu verantworten habe. Ich habe mein eigenes Leben und muss da selber schauen, wo ich bleibe!

Und nach der Willkommenskultur haben sie sich um 180 Grad gedreht, die Politiker, und plötzlich waren dieselben Leute Einwanderer in unsere Sozialsysteme und nicht mehr Flüchtlinge aus Aleppo, Idlib oder weiß der Kuckuck woher.

Den meisten Leuten fällt das gar nicht auf, wie sie manipuliert werden von den Politikern und in deren Schlepptau von den Medien, also so gesehen indirekt auch von einem wie mir, jedenfalls von meiner Zeitung.

Im September 2015 haben alle, nicht nur wir in unserem Blatt, ganz viel kleine Kinder gezeigt. Mütter, die ihre Säuglinge im Arm halten und Väter, die die Kleinen, die nicht mehr gehen konnten, auf den Schultern getragen haben. Ganz berührende Bilder waren da dabei von treu sorgenden Eltern, am Ende ihrer Kräfte nach der Durchquerung von halb Europa. Solche Bilder sucht man heute vergeblich. Wenn heute Flüchtlinge gezeigt werden, dann sind das junge, finster dreinblickende Männer, in Gruppen zusammengerottet, mit dunklen Haaren und dunklem Teint. Oder überhaupt Bärtige, die Allahu Akbar schreien, angeblich.

Kaum war das mit der Willkommenskultur vorbei, haben uns die Fotoagenturen nur noch diese Männer in Hundertschaften serviert. Und die haben wir natürlich abgedruckt, wie alle anderen auch. Bemerkt hat das auch in der Redaktion kein Mensch, wie sich plötzlich, wie durch ein Wunder, die Sujets verändert haben und damit auch die Botschaft. Schaut her, lauter Männer, stimmt ja gar nicht, dass da Familien kommen! Da könnte man wirklich Verschwörungstheoretiker werden und an irgendeine übergeordnete Macht glauben, die die Emotionen beeinflusst und alles orchestriert, wenn man sich das jeweilige Bildangebot der Agenturen zu aktuellen Themen anschaut!

Mir ist dieser Wechsel des Fokus auf die Männer eh noch recht schnell aufgefallen im Vergleich zu den Kollegen. Aber ich habe das ja schon im Studium gelernt, wie man mit Bildern Botschaften und aus denen Politik macht. Und außerdem war ich ja Ressortleiter während des Irakkriegs. Da war das mit dem Bildangebot genau das Gleiche. Wochen-, was heißt, monatelang haben die Agenturen aus dem Irak alles Mögliche gezeigt, wie mies die Leute unter dem Saddam und den UNO-Sanktionen leben, wie die Kinder in den Spitälern ohne jede medizinische Versorgung leiden, Straßenszenen, wo man gesehen hat, dass die Menschen ihr Familiensilber auf alten Zeitungen verscherbeln müssen, um nicht zu verhungern.

Und zack, über Nacht war das Bildangebot ein anderes. Drei Tage vor dem Krieg: Kein einziges Bild mehr von darbenden Irakern, dafür Flugzeugträger und phallische Kanonenrohre und amerikanische Soldatenhelden im rotgoldenen Sonnenuntergang, fotografiert allesamt wie von der Leni Riefenstahl. Und da soll man nicht an eine Art Weltzensur glauben, oder zumindest an eine westliche?

Aber was rege ich mich auf? Ich kann das alles nicht ändern, ob mir die Entwicklungen passen oder nicht. Es ist viel besser, ich konzentriere mich auf mein kleines Leben, das kann ich überblicken und beeinflussen kann ich es auch, am besten, indem ich mein Leben mit der Sonja plane, Schritt für Schritt. Urlaub, dann Zusammenziehen, leben wie alle anderen auch. Lieber biedermeiern als kraftmeiern mit der Weltpolitik und der im eigenen Land!

Das ist auch interessant, wie wenige Leute wissen, was das Biedermeier war, respektive, was es bedeutet zu biedermeiern. Sogar die Sally, die ja wirklich ein vifes Mädel ist, hatte keine Ahnung. „Was machst du? Biederwas?“, hat sie erst vor ein paar Tagen gefragt, als ich gemeint habe, am besten ist, man zieht den Kopf ein und beschränkt sich aufs Private. Die fragt wenigstens, die Sally! Die meisten heutzutage fragen ja überhaupt nicht, wenn sie etwas nicht wissen oder nicht verstehen. Ich bin da anders. Da hat die Erziehung von der Mutter gewirkt. Die hat immer gesagt: „Wer fragt, ist ein Depp für eine Minute. Wer nicht fragt, fürs ganze Leben!"

„Biedermeiern bedeutet, dass man sich ins Private zurückzieht, weil einem die Politik nicht zusagt, man aber eh nichts dagegen tun kann", habe ich also der Sally erklärt. „Super, da komm ich mit!", hat sie gelacht, „gibt's Bier?" – „Für dich organisiere ich sogar das. Und Geigenkonzerte und Lesezirkel", habe ich augenzwinkernd noch hinzugefügt. „Dafür lausche ich andächtig erst dem Geigenkonzert und dann deinen Geschichten, Karli. Aber dass du mir da keine G'schicht'ln einedruckst! Siehst du, ich habe mir gut gemerkt, was du mir da unlängst erklärt hast: Dass wir, die Journalisten, eigentlich ja G'schicht'ldrucker sind!"

Was für ein Blödsinn das ist, dass die schönste Freude die Vorfreude sein soll! Ich freue mich einen Dreck, dass ich die Sonja nicht heute sehe, sondern erst morgen! Jetzt hätte ich der Sonja erzählen wollen, jetzt und hier, unter dem Kastanienbaum bei einem G'spritzten und bei Schmalzbroten, was wir nächste Woche alles machen können! Ich hätte die Freude in ihren Augen erleben wollen, nicht meine eigene Vorfreude! Bin doch kein Kleinkind, das sich aufs Christkind freut, jeden Tag ein bisserl mehr. Ich will jetzt mit der Sonja beisammensitzen! Jetzt und hier!

Aber die Sonja muss schon wieder einmal länger arbeiten. Etwas Unerwartetes ist dazwischengekommen, hat sie gesagt. Verstehe ich nicht, dass bei einer Empfangsdame etwas Unerwartetes dazwischenkommt! Was soll da dazwischenkommen, da gibt es doch sicher Dienstpläne wie in jeder berechenbaren

Branche. Selbst wir haben Dienstpläne, auch wenn die natürlich nicht immer halten, weil wenn etwas Außergewöhnliches passiert, dann ist für jeden von uns klar: Ab in die Zeitung, egal, wo wir gerade sind!

Einmal, als der Bush nach 9/11 den Afghanistan-Krieg angefangen hat, musste ich sogar von einem Pantscherl herunterklettern, mich ins Gewand werfen und in die Redaktion fahren! Das war fast komisch, als ich gesagt habe: „Du, ich muss jetzt aufhören, weil es gibt Krieg!" Und sie geantwortet hat: „Ja, den Krieg hast du gleich mit mir, wenn du mich jetzt einfach liegen lässt!" Ich bin natürlich trotzdem gegangen und es hat dann keinen Krieg mit ihr gegeben, sondern einfach Funkstille, also Kalten Krieg sozusagen.

Das haben wir alle in der Redaktion immer so gehalten, dass wir, egal was wir wo gerade getan oder genossen haben, stante pede aufhörten mit privat und angefangen haben mit Journalismus! Das Berufsethos haben wir alle, selbst die eher Faulen. Am Beginn vom Irakkrieg sind sogar die Kollegen vom Sport angetanzt und haben gefragt, ob sie in der Außenpolitik mithelfen können, weil wirklich jedem klar war, dass, zum Beispiel, wenn Bagdad bombardiert wird, nicht einer allein die Übersicht behalten und die Doppelseiten füllen kann! Das hat mich damals gerührt, diese Kollegialität! Da hat der Sportchef sogar für Pizza gesorgt, weil dem gleich klar war, dass es an dem Tag kein Abendessen mehr für mich geben würde. Auch etwas, das ausstirbt, diese Kollegialität, prost Karli! Jetzt brauche ich dringend noch einen G'spritzten auf all den Mist, den heutigen und überhaupt den von der Welt!

Niemand hat mich anrufen müssen, dass ich kommen soll, weil irgendein Krieg ausgebrochen ist oder Fukushima passiert ist oder der Anschlag in Berlin, London, Paris, München. Seit wir diese Eilt-Meldungen aufs Handy kriegen, gibt es sowieso keine Entschuldigung mehr, nicht gewusst zu haben, dass irgendwo eine Bombe hochging oder ein Krieg ausbricht.

Diese Formulierung ist eigentlich eine der dümmsten im gesamten Sprachgebrauch, die hasse ich. Und alle verwenden sie! Ein Krieg bricht nicht aus, der ist keine irgendwo eingesperrte Bestie, die ausbrechen kann. Einen Krieg muss man mühsam machen! Das braucht ziemlich lange Vorbereitung. Da müssen Politiker das Volk vorbereiten, da braucht man Aufwiegler, meistens sind das eh Journalisten, aber die miesen charakterlosen, vielleicht sogar dafür bezahlten und dann braucht man natürlich die, die die Finanzen für den Krieg haben und die, die die Waffen besorgen. Am Unwichtigsten ist am Anfang das Volk. Am Wichtigsten sind die, die aufwiegeln. Das weiß man seit dem Hitler. Wie hat der Göring, sein Paladin, gesagt: Das einfache Volk will keinen Krieg. Aber es sind die Führer eines Landes, die die Politik bestimmen, und es ist immer leicht, das Volk zum Mitmachen zu bringen, ob es in einer Demokratie lebt oder in einer Diktatur, ob faschistisch oder kommunistisch. Man muss nichts anderes tun, als dem Volk zu sagen, dass es angegriffen wird. Und den Pazifisten muss man ihren Mangel an Patriotismus vorwerfen und behaupten, sie würden das Land in Gefahr bringen. Diese Methode funktioniert in jedem Land, hat er gesagt. Und recht hatte er damit. Bis heute.

Heute sind die Unpatriotischen die Flüchtlingshelfer und die Freunde der Fremden. Dabei, ganz ehrlich: Was hätte der total überforderte Staat damals im September 2015 getan, ohne all die Helfer, die ganz von selber angetanzt sind an den Grenzen und auf den Bahnhöfen? Die Essen gebracht haben und Kleider und Decken. Das hat man doch selbst als reiner Fernsehkonsument sehen können, dass der Staat nirgends mehr existent war, die Kontrolle über die Grenzen und überhaupt über alles verloren hatte! Ich bin ja wirklich nicht gerade der Gutmensch in Reinkultur, aber dass ohne diese Freiwilligen bei uns das totale Chaos ausgebrochen wäre, das konnte man mit freiem Auge erkennen. Und nachher hat man sie beschimpft für ihre Hilfe, auch in unserer Zeitung. Ich selber hatte Glück, ich musste dabei nicht mitmachen, ich konnte mich heraushalten, davor drücken.

Aber ich war ja eigentlich beim Göring. Man weiß halt leider nie, wann wie viel von diesem Propaganda-Gift wirkt. Ich kann mich noch gut erinnern, als das begonnen hat, dass viele, normale Leute, Politiker und Journalisten, gewisse andere als Nestbeschmutzer tituliert haben und gewisse Kunsttreibende als Staatskünstler, also als bezahlte Handlanger von weiß der Geier wem. 1988 war, glaube ich, der Höhepunkt mit dem Thomas Bernhard und seinem Stück „Heldenplatz" am Burgtheater. Aber passiert ist weiter nichts Böses in unserem Land, außer dass eine Zeitung von einem „kleinen Bürgerkrieg" schwadroniert hat, weil ein Bauerndepp eine Fuhre Mist vor die Burg geleert hat.

Aber richtige Wut der Massen hat sich keine entladen. Da war die Giftdosis eindeutig nicht hoch genug für Zusammenstöße auf der Straße. Auch heute sind wir eine stabile Demokratie, die muss schon ein bisserl Provokation von der einen oder der anderen Seite aushalten, davon bin ich felsenfest überzeugt. Und ja, es sind beide Seiten, diese Linken genau wie die Rechten, die manchmal ganz ordentlich provozieren. Wenn die Schmissträger ihren Ball in der Hofburg feiern und die linken Chaoten die Mistkübel und Verkehrszeichen abmontieren und als Wurfgeschosse verwenden, weiß ich nie, zu wem ich halten soll. Na ja, es ist ja auch kein Fußballmatch, da kann man eigentlich sagen: Ich mag die alle beide nicht.

Jetzt heißen die, die dem Mainstream nicht in den Kram passen, ja linkslinke Bahnhofsklatscher, und moralisieren tun die, ehrlich wahr, genug! Unerträglich ist das! Genauso wie diese Grünen, die einem ununterbrochen ein schlechtes Gewissen machen wollen, wenn man sich nicht am Fahrrad abstrampelt und von Hasenfutter ernährt.

Aber die hat es bei den Wahlen jetzt eh ordentlich zerbröselt, diese Ökofaschisten! Und der Witz an der Geschichte: Die haben es immer noch nicht geschnallt, dass man mit ewigem Moralisieren und erhobenem Zeigefinger kein Leiberl hat in unserem Land der Genießer und der Gemütlichen! Was sich da in den Online-Foren schon wieder abgespielt hat an Weinerlichkeit und Wählerbeschimpfung, das geht auf keine Kuhhaut! Also auf kein Salathäupel, um in der Sprache der Ökofuzzis zu bleiben. Recht geschieht euch, ihr Ökoterroristen! Ihr habt die Oberhoheit über die Moral und wir in der Zeitung über die Stammtische! Und einer von uns beiden ist stärker, das sind dann aber schon wir!

Wenn wir verlobt sind, die Sonja und ich, werde ich ihr anbieten, dass sie dort kündigt, wo sie da werkt. Damit wir mehr Zeit füreinander haben und sie nicht so durch die Woche hetzen muss. Wozu verdiene ich so viel, bei Weitem genug für zwei? Dann könnte sie ein bisserl Haushalt machen, vielleicht könnten wir uns sogar die Božena ersparen, und sie könnte Bücher lesen, zur Maniküre gehen oder in Ausstellungen und wenn ich fertig bin in der Redaktion, können wir die Abende gemeinsam genießen bei Veranstaltungen. Ich kriege ja so viele Einladungen, ich könnte jeden Abend fünf Mal gratis Brötchen essen oder dieses blödsinnige Fingerfood und mich täglich fünf Mal besaufen! Oder wir gehen ins Kino oder ins Theater. Nur Kabarett geht nicht mit der Sonja, den tieferen Sprachwitz versteht sie dann doch nicht so leicht. Aber mich versteht sie, das genügt!

Nur die Sonntagabende möchte ich weiter zu Hause verbringen. Da checke ich fix auf der Couch ein, weil der „Tatort" ist mir heilig. Das ist so eine unverrückbare Gewohnheit, der Sonntag mit dem Fernseh-Krimi, am liebsten dem aus Münster. An sich mag ich Krimis ja nicht sonderlich, jedenfalls nicht die, wo es tatsächlich nur um einen Mord und um seine polizeiliche Aufklärung geht. Erstens weiß ich ja durch meinen Beruf, wie blödsinnig diese Plots sind. Und zweitens geht es doch um Unterhaltung und nicht um Polizeiarbeit. Wie die wirklich funktioniert, höre ich sowieso täglich von den Kollegen im Chronik-Ressort. Und spektakulär ist die meistens ja nicht, sondern fad und zäh.

Dass sich die Polizei im wirklichen Leben nicht wie im Film über den dummen Vorgesetzten, sondern über die Gesetze wahnsinnig viel ärgert, liegt auch auf der Hand. Da verhaften die, das hat mir erst unlängst wieder mein Polizistenfreund erzählt, zum Beispiel einen Polen, der um zwei in der Früh mit einer Brechstange herumspaziert und der sagt ihnen grinsend ins Gesicht, dass es sein Hobby ist, seine Brechstange auszuführen wie ein Hunderl zum Gassigehen.

Was sollen die machen, außer ihn wieder laufen zu lassen, wenn er kein Diebesgut mit sich führt? Dabei wissen die Amtsorgane hundertprozentig, was das für einer ist, aber ihnen, statt ihm, sind die Hände gebunden. Oder sie erwischen so einen Osteuropäer oder Südbalkaner, aber kaum haben sie ihn, ist er wieder draußen bei der Drehtüre wegen der Gesetze, die die Verbrecher schützen und nicht das Volk!

Dass man da ein bisserl ausländerfeindlich wird, muss man schon auch verstehen, weil diese Polizisten haben es ja unglaublich oft mit Leuten zu tun, die eigentlich nicht hierher gehören. Früher gab es ja den Witz „Kommen Sie nach Polen. Ihr Auto ist schon da!" Jetzt scheinen sich die Polen auf Einbruch spezialisiert zu haben. Wahrscheinlich ist die Nachfrage nach Autos schon gedeckt, zumindest nach normalen Familienautos. Die SUVs gehen noch immer gut, aber soweit ich weiß, nicht nach Polen, sondern nach Weißrussland und in die Ukraine. Aber tatsächlich kenne ich mich auf dem Gebiet nicht gut aus, das geht mich zum Glück nichts an in der Zeitung.

Was ich weiß, ist, dass die Deutschen die Kriminalitätsstatistik anführen. Aber da verfälscht die Statistik irgendwie das Bild, denn Schwerkriminelle sind die Deutschen bei uns ja nicht. Aber sie sind eben die größte Migrantengruppe. Und soweit ich mich erinnere, führen sie die Statistik wegen Schidiebstählen an. Ob das daran liegt, dass sie so viele Schi stehlen oder so viele Diebstähle anzeigen, weiß ich gar nicht. Ist auch nicht so wichtig.

Solche Sachen mit Diebstahl und Autoschieberei kommen im „Tatort" aus Münster alle nicht vor, jedenfalls nicht vordergründig. Ich mag einfach die witzigen Dialoge zwischen dem prolligen Kommissar und dem schnöseligen Pathologen, das hat einen kabarettistischen Einschlag, da kann ich schmunzeln, allein auf der Couch. „Soko Donau" mag ich auch. Die sind auch witzig, die Figuren sind gut gezeichnet und mein Patriotenherz wird durch die schönen Aufnahmen von Wien glücklich gemacht. Mich freut das immer, wenn Wiens schöne Plätze und Häuserzeilen und Parks gezeigt werden. Und ich weiß ja, das Fernsehen verkauft diese Serien ins Ausland und macht damit indirekt Tourismuswerbung für meine Stadt.

Wien ist eine wirklich schöne Stadt. Trotz allem. Also trotz der veränderten Bevölkerungsstruktur durch die Zuwanderung und auch die neuen Stadtteile brauche ich nicht zu meinem Glück. Wenn man dort wohnt, wo alles gleich ausschaut und noch keine Patina hat, weiß man ja gar nicht, in welcher Stadt man ist. Das könnte ja überall auf der Welt sein! Aber was geht es mich an? Ich hab' die Wohnung von der Mutter, bin zu Fuß in zehn Minuten auf dem Stephansplatz und in zehn Minuten mit der U-Bahn in meinem geliebten grünen Prater und dann spaziere ich gemächlich zum Schweizerhaus und gönne mir eine Stelze und ein Bier. Und aus dieser Wohnung kriegt man mich niemals lebend hinaus, da müssen's mich schon mit den Füßen voran hinaustragen!

Ob sie so schön bleibt, meine Wienerstadt? Wer weiß! Wenn ich über solche Sachen nachdenke, bin ich eigentlich sehr froh, dass ich schon 62 bin. In meiner Lebenszeit können die Politiker nicht alles ruinieren, was wir uns aufgebaut haben. Und selbst wenn später einmal die Österreicher, also die echten Österreicher, in der Minderzahl sein sollten: mich muss das nicht mehr kümmern. Ich schau mir dann schon die Erdäpfel von unten an.

Hach, wie gern ich doch das Wienerische habe mit seinen Nuancen und Sprachbildern! So schade, dass man das alles nicht in die Zeitung schreiben kann! „Weil das verstehen unsere Leser nicht!", täte der Online-Heini jetzt sagen. „Die Westösterreicher verstehen es nicht, weil es Wienerisch ist.

Und die Jungen verstehen es nicht, weil es Wienerisch ist. Die verstehen Inglisch mit i am Anfang!", sagt er dann immer und betont das I so saudumm, dass man nicht weiß, ob man lachen oder kotzen soll, wenn der Typ auf jugendlich und in macht.

Echt erschreckend fand ich vor ein paar Tagen, was ein Schauspieler gesagt hat, den ich zufällig in meinem Wirtshaus getroffen hab. Als wir über unser Alter gesprochen haben und als er meines erfahren hat, hat der doch glatt gesagt: „Ich wäre auch lieber 62." Dabei ist der erst 50, also ein Mann in den besten Jahren, wie man so sagt. Aber der ist so ein Pessimist, dass er glaubt, alles wird immer schlimmer und für ihn wird sich das alles nicht mehr ausgehen. Gemeint hat er nicht die Fremden bei uns, sondern den Kapitalismus, von dem er glaubt, dass der alles ruiniert und dann selber kaputtgeht. Und den Rechtsruck in der Politik und in der Gesellschaft hat er auch gemeint.

Da ist etwas Wahres dran, der Rechtsruck beschäftigt mich auch. Ich bin kein Linker, aber ein Rechter bin ich auch nicht. Ich bin die Mitte. Aber die gibt es nicht mehr wirklich, mich repräsentiert überhaupt niemand mehr in dieser Republik. Die Rechten sind extrem rechts, die Konservativen sind jetzt auch rechts und die Sozis sind gestern links und heute rechts, wie Besoffene torkeln die durch ihre eigene Programmatik! Und die kleinen Parteien interessieren mich nicht, da bin ich anscheinend zu konservativ für solche Neugründungen.

Ich bin für sanfte Veränderungen, für gesellschaftlichen Zusammenhalt, aber natürlich auch dafür, dass sich Leistung lohnen muss. Wobei man mir meine Leistung von heute eigentlich fürstlich bezahlen müsste, so mühsam, wie der Tag war. Das heute war wirklich sauer verdientes Geld! Oft brauche ich so einen Tag nicht, dazu bin ich echt zu alt.

Dieser Zwang zur absoluten Schnelligkeit: „Kollege, wir brauchen a G'schicht! Ned übermorgen, sondern am besten gestern! Also hopp auf!", hat der Online-Heini gekeift wie ein Weib und in seiner Hektik nicht eine Sekunde bedacht, dass ich ja gar kein Onliner bin, sondern Print! Aber das ist ja heutzutage schon alles total egal, jeder soll alles können und am besten alles gleichzeitig, die Dirndl-Modenschau in Oberfilzpatschen betreuen und das Interview mit dem Minister für wurscht was in Wien machen!

Und fotografieren vielleicht auch noch. Oder, noch besser, filmen, weil wir machen ja jetzt bald auch auf Fernsehen im Online! „Das werden Sie auch noch kapieren", hat der Online-Heini zu mir gesagt, „dass das Klicks bringt. Und Klicks bringen Werbung und Werbung bringt Geld. Und mit diesem Geld bezahlen wir Sie. Also! Was machen Sie noch da? Raus mit Ihnen ins Leben, wo die G'schichten spielen! Die Tür ist dort, wo der Maurer das Loch gelassen hat!"

Allein, dass der mich so anschnauzen kann wie einen dummen Schulbuben, einen Frischg'fangten, wie man früher einmal gesagt hat, geht mir sensationell auf den Geist! Ausgerechnet der Typ, der in seinem Leben noch keine Zeile selber recherchiert hat! Der lässt ja schreiben und jazzt dann die Storys hoch, so sehr, dass der echte Autor sie gar nicht wiedererkennt. Aber auch so einer schimpft sich heutzutage Journalist! Ein Kotzbrocken ist der, ein primitiver! Aber in den anderen Zeitungen sitzen ja heutzutage auch solche Typen, sogar in den selbst ernannten Qualitätszeitungen. Alle gleich, alle aalglatte Karrieristen ohne Moral und Anstand! Von Bildung braucht man da sowieso nicht zu reden!

Ich bin also losmarschiert und habe so eine Flüchtlingsgeschichte gesucht. Weil jetzt machen ja alle Flüchtlingsgeschichten. „Wir brauchen a G'sicht! Ned a Statistik! Treiben S' ein paar so widerliche afghanische Burschen auf, vor denen sich unsere Frauen fürchten! Oder noch besser, Sie machen endlich einmal eine Positiv-Geschichte, weil das entspricht diese Woche dem Mainstream. Am besten a Flüchtlingsmädel, am besten a blondes Mädel mit blauen Augen. So was werden S' doch finden!", hat der Onliner gesagt und süffisant gegrinst, dieser …!

Dabei weiß der ungebildete Sack nicht einmal, dass es blau-, vielmehr grünäugige Flüchtlinge gibt, und gar nicht wenige. Sowohl unter den irakischen Kurden als auch unter den Afghanen. Ich weiß das natürlich, weil ich habe mich ja ein Leben lang mit Außenpolitik beschäftigt im Gegensatz zu diesem journalistischen Windei. In Wahrheit ist der nur ein G'schichtldrucker gegenüber den Chefs. Echte Geschichten schleppt er nicht an und gedruckt wird von dem genau gar nichts. Weil Online ist nicht gedruckt, also für mich nicht einmal wirklich echter Journalismus. Echt ist es nur auf Papier!

Wo, habe ich mich dann aber doch fragen müssen, weil Widerspruch hätte in der aufgeheizten Situation zu gar nichts geführt, kriege ich jetzt eine grünäugige Irakerin her? Und wie komme ich überhaupt zu dem ganzen Stress? Nur weil das Windei mit seinem Team diese Geschichte mit dem Mädchen verschlafen hat, die alle anderen auf der Seite eins hatten! Alle! Nur wir nicht! Aber das war nicht meine Schuld, ich hatte ja gestern meine Doppelseite über die albanischen Flüchtlinge zu machen, die jetzt alle zurückgeschickt werden, weil sie keine echten Flüchtlinge sind.

Mehr als 2000 waren da aus heiterem Himmel zu uns gekommen und nach Deutschland gleich zehn Mal so viele. Eine konzertierte Aktion zwischen der albanischen und der serbischen Mafia war das, das habe ich sofort durchschaut. Diese Feinde aus den Balkankriegen arbeiten blendend zusammen, wenn es um mafiöse Strukturen geht. Das weiß man als denkender Mensch, dass es beim Geldverdienen keinen Nationalismus gibt, weder in der seriösen Wirtschaft noch in der kriminellen.

Wie die angeblichen Feinde Hand in Hand arbeiten, hat sich erst kürzlich wieder gezeigt, als in Wien eine Bande ausgehoben worden ist, auf deren Konto alle möglichen Überfälle auf Pelzläden und Juweliere gehen. Mit der Beute haben sie sich ein Business aufgebaut in der Drogenindustrie. Interessante Entwicklung, früher waren Drogen und Überfall zwei getrennte Branchen! Angebaut wurde das Zeug im Kosovo, ein serbischer Zöllner hat mitgeschnitten und die Augen zugedrückt, und dann ist das Gift vor unseren Schulen in Wien gelandet. Und der Normalmensch glaubt, die sind verfeindet, die Serben und die Kosovaren! Dass ich nicht lache!

Beim Menschenschmuggel war die serbisch-albanische Kooperation ja auch Eins a. Die albanischen Kriminellen im Kosovo, wo eine Arbeitslosigkeit von 111 Prozent herrscht und ein Clanwesen, da ist das niederösterreichische ein Dreck dagegen, haben den Leuten gesagt: Verkauft eurer bisserl Besitz, wir schleusen euch bis nach Serbien, dort machen unsere Partner weiter und dann geht es über Ungarn nach Österreich und Deutschland. Dort könnt ihr arbeiten und gutes Geld verdienen und euren Familien genügend zum Überleben schicken.

Und die armen Idioten haben es geglaubt. Da hat es Leute gegeben, die haben ihre drei Schafe und das Fahrrad verkauft, hat mir ein Albaner erzählt, damit sie das Geld für die Menschenschleuser zusammenkriegen. Einer hat sogar die Fenster aus seinem kleinen Haus verscherbelt, weil er sonst nichts hatte, was sich zu Geld machen ließ. Am Ende ist seine Familie da unten im Kosovo in der Kälte gesessen und er bei uns in Abschiebehaft. Ein armes Schwein, eigentlich. Jetzt hat er kein Geld, keine Aufenthaltserlaubnis und Fenster hat er auch keine mehr.

Jö, schau, da sitzt tatsächlich ein Mensch ein paar Tische weiter, der liest meine Zeitung! Das freut mich immer noch, auch nach so vielen Jahren in dem Geschäft, wenn ich jemanden sehe, der meine Zeitung studiert. Das gibt es ja auch wirklich in nur sehr wenigen Berufen, dass man das Interesse von irgendwelchen fremden Leuten an der eigenen Arbeit im Gastgarten sehen kann! Das wird der Onliner nie erleben, recht geschieht ihm! Der muss seine Klicks zählen. Ich und meine Kundschaft, wir haben ein haptisches Erlebnis, das ist schön!

Ist natürlich der einzige Mensch im ganzen Wirtshaus, der noch Zeitung liest, und natürlich ist er im hohen Pensionistenalter. Alle anderen glotzen ja, selbst wenn sie zu viert am Tisch sitzen, alle Augenblicke auf ihre Handys statt einander in die Augen! Das ist eine Entwicklung, die ist mir ehrlich ungeheuer. Und die Jungen haben überhaupt keine Ahnung, welche Folgen diese Abhängigkeit vom Internet hat! Von den Haltungsschäden bis zur Totalüberwachung!

Wenn die, ich weiß da gar nicht, wer „die" dann jeweils sind, wollen, können sie feststellen, wie oft du Zähne putzt, wie viel Zucker du kaufst oder sonst ein ungesundes Zeugs und können es an deine Krankenkasse melden. Dann zahlt man womöglich bald höhere Beiträge für ungesunde Ernährung und zu wenig Bewegung oder Vernachlässigung der Beißerchen! Dass man alle diese Spuren, die wir tagtäglich hinterlassen, theoretisch schon jetzt verknüpfen kann, zusätzlich zu dem, was man googelt und an Hobbys oder der politischen, womöglich sexuellen Neigungen preisgibt, ist viel gefährlicher für ganz normale Leute als jede Telefonüberwachung gegen Terroristen, weil wer ist schon Terrorist?! Aber die Bankomatkartendaten mit dem Handy und dem Internet kurzzuschließen und dann noch mit den neuen Stromablesern zu verknüpfen, die alle Viertelstunde den Stromverbrauch speichern, bedeutet, man weiß über jeden bald alles. Das hätten Sie sich nicht gedacht, gell, Herr Orwell?!

Aber ich war ja beim Kosovo. In den kann man wenigstens abschieben, die nehmen ihre Leute zurück. Die Nordafrikaner sind da hartleibiger, die sagen, gehen uns nichts an, der Herr Ali Irgendwas und der Mohammed Abu Sowieso. Bei denen beißt unser Staat auf Granit. Und das ist ein echtes Problem. Weil viele Menschen in unserem Land sind bereit zu helfen, jedenfalls denen, die es wirklich nötig haben. Aber dass wir die, die kein Asyl kriegen, nicht wieder loswerden, das stößt den Leuten sauer auf. Das kann man bei uns in den Online-Kommentaren jeden Tag hundert Mal lesen.

Ich finde ja, wir müssten in den Ländern, aus denen die Migranten keine Chance auf Asyl haben, so eine Antiwerbung gegen das Flüchten machen wie das die Innenminister-Mizzi im Kosovo gemacht hat. Die ist nach Priština gefahren, hat sich ins Fernsehen gesetzt und den Zeitungen Interviews gegeben, dass die Leute nicht so dumm sein sollen und den Märchen der Schlepper glauben. Und siehe da, es hat funktioniert. Seither kommen keine Albaner mehr, obwohl sich die wirtschaftliche Lage da unten auf dem Balkan nicht im mindesten gebessert hat.

Wenn das unser Jungstar in Marokko, Tunesien, Algerien und auch in den schwarzafrikanischen Staaten südlich von Libyen zustande gebracht hätte! Aber so etwas habe ich besser nicht in die Zeitung geschrieben, weil unsere Chefitäten sind ja alle ganz vernarrt in den, weil der spricht die Dinge an, die die Leute hören wollen! Ein Triple-A kriegt der von mir! Abschottung, Ausländer, Asyl, das hat der drauf wie ein Papagei. Aber sonst? Ich wette, der wird eine Enttäuschung für seine Groupies! Aber bis sich die Leute ihre Enttäuschung auch eingestehen, das dauert seine Zeit.

Ich hasse diese Menschenverehrung von unseren Chefitäten, ganz egal, wer da verehrt wird! Dieses Groupie-Gen habe ich nicht einmal als Junger gehabt, nicht bei Musikern, nicht bei Schauspielerinnen und erst recht nicht bei Politikern. Der Willy Brandt hat mir damals wahnsinnig imponiert, als er sich in Polen niedergekniet und für die Verbrechen von den Nazis entschuldigt hat, aber verehrt habe ich ihn deswegen trotzdem nicht. Auch der Helmut Schmidt und bei uns eben der Kreisky waren tolle Persönlichkeiten. Aber blind anbeten, das könnte ich ja nicht einmal den Herrgott in der Kirche!

In der Redaktion bin ich, das muss ich mir eingestehen, machtlos gegen diese Heldenverehrung von Politikern. Ich weiß ja nicht einmal, ob die Chefs sich wirklich so leicht in Männer verknallen oder ob es denen in Wahrheit nur um das Inseratengeld geht, von dem wir ja nach wie vor leben. Denn der Onliner mit seinen Klicks kann uns nicht ernähren, egal was er sich alles für Schnickschnack einfallen lässt, um die Aufmerksamkeit der Konsumenten zu generieren, wie das heute genannt wird. Ein Gewinnspiel hier, ein Persönlichkeitstest da, aber das bringt alles nicht genug Kohle. So ist das und so wird das bleiben, die Cashcow sind immer noch wir im Print.

Wie die gesamte Redaktion diese Story über das Flüchtlingsmädchen mit dem bezaubernden Lächeln hat verschlafen können, würde mich jetzt auch langsam interessieren! Das Foto von der, angespritzt in der Sommerhitze von einem Feuerwehrmann, ist ja sogar um die ganze Welt gegangen als ein Bild der Hoffnung für die Flüchtlinge und der Menschlichkeit und auch der Lebensfreude. Und ich hab' das heute ausbaden müssen, das Desaster von den anderen!

Ich hab's aber ohnehin elegant gelöst und intelligent obendrein! Bin zum Westbahnhof gefahren, weil da gab es ja immer so viele junge Afghanen, die sich dort zusammengerottet haben, weil Geld für etwas Spannenderes haben sie ja nicht. Habe auch schnell junge Männer gefunden, die beisammen gestanden sind. Und wer waren die? Das war wirklich wie in einem Witz, den Linke über so Boulevardjournalisten wie mich erzählen würden! Amerikaner aus Oregon, ganz begeistert von Wien und von Österreich! Total nette junge Leute, aber journalistisch natürlich ein Reinfall.

Auf der Äußeren Mariahilferstraße habe ich dann dieses dunkelhäutige Paar gesehen, von denen er das Kinderwagerl geschoben hat und sie neben ihm gegangen ist mit der kleinen Tochter an der Hand. Eine schöne Frau! Auch wenn sie ihr Haar verborgen hat. Aber wenigstens nicht mit so einem grässlichen islamischen Helm, sondern mit einem schönen bunten Tuch mit einem typischen afrikanischen Muster. Die beiden konnten sogar ziemlich gut Deutsch, viel besser als viele Türken, die schon ewig bei uns leben.

Die Kleine hat überhaupt super Deutsch gesprochen, wie eine von uns. Das konnte ich hören und deshalb habe ich die angesprochen. Dabei kann ich so etwas überhaupt nicht leiden. Ich bin nicht der Typ, der einfach auf wildfremde Menschen zugeht und die anquasselt. Schon gar nicht, wenn das Fremde sind. Aber mir ist ja nichts anderes übrig geblieben, als irgendeine Story aus dem Boden zu stampfen und diese Familie war eben einfach da. Und so unglaublich nett, das ahnt man ja gar nicht! Haben mich sofort eingeladen zu sich nach Hause. Na ja, bei denen wird Gastfreundschaft eben groß geschrieben in diesen armen Ländern, das weiß man ja.

Irgendwie ist es kein Wunder, dass Österreich in einem Ranking der unfreundlichsten Länder der Welt hinter Kuwait auf Platz zwei gelandet ist. Und, ganz ehrlich, ich bin da auch nicht gerade der Ausreißer aus der österreichischen Mentalität, weil ich hätte diese Somalier nicht zu mir nach Hause eingeladen, nur weil ich die auf der Straße kennenlerne. Die mich aber eben schon.

Wenn der Hausbesitzer mit diesen Leuten nicht ein Vermögen verdient, fresse ich einen Besen! Das ganze, unfassbar abgewohnte Haus ist voller Somalis! Und die zahlen pro winziger Wohnung 700 Euro! Schon sehr happig für 50 Quadratmeter, ohne Kücheneinrichtung, mit einem desolaten Bad und mit zugigen Fenstern! Aber was bleibt solchen Leuten übrig als zu nehmen, was sie kriegen können?!

Da wiederholt sich die Geschichte wirklich! Damals, als die jugoslawischen Gastarbeiter zu uns gekommen sind, in den 1970er Jahren, haben die auch die letzten Bruchbuden zum

Schlafen bekommen, oft zehn bis zwölf Leute in einem Zimmer, und die Hausbesitzer haben sich dumm und dämlich verdient. Und dann womöglich noch über die Jugos geschimpft, dass die ihnen ihre Wohnungen ruinieren würden, diese alleinstehenden Männer aus den balkanischen Dörfern. Die Immobilienbranche war mir immer schon unsympathisch, die melken die Leute wie die Kühe, Inländer wie Ausländer.

Die Story über das somalische Ehepaar ist super geworden, weil das waren wirklich tolle Menschen! Er, der Ingenieur, hat in Mogadischu studiert, und musste flüchten, weil die Islamisten von den Al-Shabaab-Milizen in sein Dorf gekommen sind und von ihm verlangt haben, dass er und sein Bruder für sie kämpfen müssen. So etwas kann sich unsereiner gar nicht vorstellen, dass da einfach Bewaffnete an die Tür klopfen und innerhalb von Minuten dein Leben ruinieren! Und keine Polizei und kein Staat schützen dich vor diesen Islamistenhorden!

Nein, das waren nicht die Al-Shabaab – mir scheint, ich bin schon leicht angeschickert von den vier G'spritzten –, das war Boko Haram. Boko Haram bedeutet, hat mir die nette Familie erklärt, Bildung ist eine Sünde. Unglaublich, wie verblendet Menschen sein können, dass sie Bildung für Teufelszeug halten! Jedenfalls haben sich die beiden Brüder geweigert, mit den Islamisten kämpfen zu gehen, daraufhin wurde der eine einfach umgebracht und der Ingenieur ist bis zu uns geflüchtet.

4000 Dollar hat ihn das gekostet. Und die hatte er nur, weil seine Mutter in aller Eile die Ziegenherde verkauft hat und jetzt froh sein muss, wenn der einzige überlebende Sohn hin und wieder ein paar Euro nach Hause schicken kann. Somalia ist ja eines von vielen armen Ländern, wo das Nationaleinkommen massiv aus den Zusendungen aus dem Ausland gespeist wird. Ich habe einmal gelesen, in Eritrea sollen die Auslandsüberweisungen überhaupt ein Drittel des BIP ausmachen.

Eines würde mich wirklich interessieren: Bin ich der einzige Mensch, in dessen Kopf das Denken nie aufhört? Wieso muss ich mir ununterbrochen quasi selber zuhören bei meinen eigenen Gedanken? Und wieso springen die Gedanken herum wie in einem Flipperautomaten die Kugeln, schon mein ganzes Leben lang?! Das ist echt nervtötend, dass ich nicht einfach mit leerem Kopf im Wirtshausgarten sitzen kann. Absolute Gedankenstille, das wäre schön! Ich möchte jetzt auf der Stelle Stille haben! Und allein das ist ja schon wieder ein Gedanke!

Die somalische Frau hat der Ingenieur erst am Westbahnhof in Wien kennengelernt. Die wollte zu Hause Lehrerin werden und war dann natürlich das Feindbild schlechthin für diese Islamistenschweine. Ich bin bei der Familie viel länger geblieben, als für meine Story nötig war, weil die haben mich mit ihrer freundlichen, offenen Art berührt. Die kleine Tochter ist auf meinen Schoß gekrabbelt und hat mit mir gekuschelt, das war wirklich unglaublich, welches Vertrauen die hatte! Auch das Baby von denen ist ganz entzückend mit seinen schwarzen Kringellöckchen und der Schokoladenhaut und den Kirschaugen.

Die 200 Euro, die ich denen aus meiner Tasche zahlen wollte, dafür, dass sie mir ihre Geschichte erzählt haben – weil das konnte man ja sehen, dass die nicht im Geld schwimmen –, haben sie nicht genommen. Ich hatte sogar das Gefühl, ich hätte sie beleidigt. Das wollte ich ganz und gar nicht und es ist mir jetzt noch unangenehm. Ich wollte wirklich nur helfen. Noch dazu, wo ich Tee und Kekse bekommen habe und auch Datteln und Mandarinen und weil ich vorher nichts gegessen hatte, habe ich denen alles weggefressen, was sie mir hingestellt haben. Eigentlich peinlich! Da füttern die Flüchtlinge den wohlhabenden Österreicher statt umgekehrt!

Ich finde, meine Story hat gut wiedergegeben, was ich da erlebt habe an Gastfreundschaft und Herzenswärme und auch dem Bemühen dieser Leute, sich hier ordentlich einzuleben. Die sind sicher keine Islamisten, die hatten ja nicht einmal einen Gebetsteppich in der Wohnung. Allein, dass die kleine Tochter in den Kindergarten geht und redet, als wäre sie eine Österreicherin, beweist doch, die meinen es ernst mit der Integration!

Auch die Fotos von der Familie, wie sie da auf ihren Matratzen saß, weil etwas anderes haben sie ja nicht, außer dem abgewetzten Fauteuil, das sie mir zum Sitzen angeboten haben, sind mir gut gelungen. Ich glaube sogar, das waren die besten Bilder, die ich je gemacht habe. Eine ganze Seite ist das in der Zeitung geworden, mit echt lieben Menschen. Und wer kein Vorurteil gegenüber Schwarzen hat, kann mit Fug und Recht sagen: mit echt schönen Menschen.

Die Somalis sollen deshalb so schön sein, weil sie eine Mischung aus Arabern und Schwarzafrikanern sind. Die sind so schön wie die Äthiopier und vor allem die Äthiopierinnen. Ich war ja einmal in Äthiopien und muss ehrlich sagen, so schöne Menschen habe ich sonst nirgends auf der Welt gesehen! Die Frauen mit ihren schmalen Nasen, den hohen Backenknochen und diesen wundervoll geschwungenen Lippen könnten zu Tausenden in Paris auf dem Catwalk ihr Geld verdienen. Die haben alle sogar noch schönere Lippen als die Sonja!

Ach die Sonja! Wenn die jetzt hier wäre, könnten wir über

ganz andere Dinge reden, als ich da in meinem Kopf abspule. Da könnte ich mich der Zukunft widmen und müsste nicht einen Tag Revue passieren lassen, der von mir aus so nie hätte geschehen müssen. Weil dieser Tag hat mir Abgründe gezeigt, von denen selbst ich nicht wusste, dass es die bei uns gibt. Wenn da nur nicht irgendwann einmal unsere ganze Gesellschaft hineinstürzt!

Ich bin ja nicht naiv und ich kenne unsere Leser. Aber was sich abgespielt hat, kaum war meine Story online, das war irre! So viele Screenshots wie heute habe ich noch nie in meinem Leben gemacht! Habe die ganze Kommentar-Sammlung auf meinem Handy, und jetzt glotze ich prompt genauso drauf wie all die anderen Gäste hier, über die ich gerade noch den Kopf geschüttelt habe.

„Hast du Wohlstandsblasenbewohner eigentlich auch einmal eine Sekunde darüber nachgedacht, warum weite Teile des Volkes mit den rechten Parteien sympathisieren? Weil uns die anderen ins Chaos gestürzt haben mit ihren offenen Grenzen und der Gutmenschen-Asylpolitik! Darum muss das Leistungsniveau für die Flüchtlinge gekürzt werden, ob die nun herzige Babys haben oder nicht, du Schmierfink, du blöder!" In der Tonart ist es weitergegangen und ich bin nicht sicher, ob so was wie dieser Kommentar nicht an Wiederbetätigung grenzt: „Zu viele Parasiten töten den Wirt! Kapiert das endlich, ihr Volkszerstörer!"

Dann hat sich eine Dame eingemischt, die hat geschrieben, dass sie über 80 ist und seit zwei Jahren einen jungen Mann aus Somalia bei sich wohnen hat und so froh ist, umsorgt und nicht alleine zu sein. Mehr hat die nicht gebraucht! „Alte Schachtel, geh' scheißen!", war noch das Freundlichste, was man ihr geschrieben hat. Einer hat überhaupt nur ein Wort geschrieben: „stirb!"

„Diese Drecksbastarde vergewaltigen unsere Kinder und wenn wir uns drüber aufregen, kriegen wir eine Anzeige wegen Volksverhetzung!" Das war eine Frau, die das geschrieben hat. Ich hätte niemals gedacht, dass Frauen, die ja auch Mütter sein können, so bösartig über andere Eltern von kleinen Kindern schreiben können! Zum Speiben ist das eigentlich und jetzt frage ich mich allen Ernstes, ob dieser somalischen Familie nicht eines Tages etwas Schlimmes bei uns auf der Straße passieren kann. Weil dass sich der Wind gedreht hat, das merkt ja wohl der hinterletzte Empathiebefreite.

„Wir Frauen können bald nicht mehr allein rausgehen, nicht einmal in kleinen Orten. Danke an die Verantwortlichen, dass ihr unser Leben zerstört habt!" Die Nächste: „Bitte Herr Bundeskanzler, nicht nur ankündigen, sondern auch ernst machen! Keine überbordenden Sozialleistungen mehr = keine Massenzuwanderung! Die Massenmigration augenblicklich stoppen! Das Land unattraktiv machen!" Dass so jemand nicht merkt, dass es das eigene Land ist, das unattraktiv werden soll! Dass es dann auch für uns unattraktiv ist! Und dass wir niemals so unattraktiv werden können wie Afghanistan und Syrien und Somalia!

„Irgendwann wird's bei uns auch krachen", hat der nächste Kommentator unter meine Geschichte geschrieben, „wegen einer unverantwortlichen Regierung, die nicht einmal in der Lage ist, die radikalsten Islamisten und IS-Kämpfer abzuschieben!" Die Nächste: „So lange auch viele Österreicher an diesem Geschäft mitmischen möchten (karitative Vereine, Privatmenschen mit leerstehenden Häusern), wird es diesen Zuzugsterror geben! Schämen Sie sich, dass Sie in Ihrer Zeitung auch noch Werbung für unseren Untergang machen!" – „Solchen gehört sämtliche Unterstützung gestrichen, hierher kommen, Frauen belästigen, Polizisten schlagen, lauter Kinder machen auf Staatskosten, raus mit dem Gesindel!" – „Überhaupt keine Migranten mehr! Der Islam muss raus aus Europa! Rechts wählen, damit die Krähen und Volksverräter wegkommen, welche uns dies eingebrockt haben!" Zwei Sekunden später: „Zuzugsterror! Abstellen! Sofort!" Danach: „Täglich mindestens ein Terroranschlag in Europa und dann gibt es noch immer geistig Zurückgebliebene wie den Schwachsinnigen, der diese picksüße Flüchtlingspoesie in Ihrer Zeitung verzapft und damit der Massenzuwanderung applaudiert!"

Nach nur fünf Minuten und der Aufforderung „Flammenwerfer her und Schluss ist mit denen!" mussten wir die Kommentarfunktion sperren, denn das wäre ewig so weitergegangen und das hätte dann unserer Zeitung Probleme bereiten können. Schließlich sind wir ja verantwortlich für das, was da gegen das Verbotsgesetz oder sonst ein Gesetz verstößt und bei uns auf Online stehen bleibt.

Und dann ist es in der Redaktion losgegangen! Eine Streiterei, wie ich sie in Jahrzehnten nicht bei uns erlebt habe! Die Sally war die einzige, die mich, aber vor allem meine Story verteidigt hat. „Aber das war doch eine schöne, menschliche Geschichte! Trauen wir uns jetzt nicht einmal mehr, eine Positiv-Story über Flüchtlinge zu schreiben?", hat sie gefragt. Der Onliner ist ihr dermaßen über den Mund gefahren, dass ich mich als Mann fremdgeschämt habe, wie man heute so sagt.

Alle anderen Kollegen, auch die, mit denen ich seit Jahrzehnten hin und wieder auf ein Bier gehe und ehrlich gedacht habe, wir wären einigermaßen auf einer Wellenlänge, haben betreten geschwiegen und das Match zwischen Onliner und der Sally mit hin und her gehenden Köpfen verfolgt, als würden sie einem Pingpong-Spiel beiwohnen. Nicht ein einziger hat sich getraut, auch nur für eine Silbe den Mund aufzumachen!

Und dann kam der Ukas, dass wir keine Flüchtlingsfamilien mehr porträtieren sollen! Dass wir uns auf die konzentrieren sollen, die Verbrechen begehen! Dass wir in unseren Geschichten darauf dringen sollen, dass die abgeschoben werden, die Verbrecher und die, die kein Asyl bekommen haben. Und alle, für die nach der unseligen Dublin-Regel ein anderes Land zuständig ist als Österreich, selbst wenn die gut integriert sind und Aussicht auf eine Lehrstelle oder gar eine Anstellung haben und für die doch ziemlich oft Österreicher, eigentlich meistens Österreicherinnen sogar Unterschriftenlisten anfertigen, damit sie bleiben können, gehören weg aus dem Land und nicht in rührseligen Geschichten verewigt.

„Was interessiert mich, ob die hier arbeiten könnten?“, hat der Onliner gebrüllt, der ja leider so mächtig geworden ist in der Redaktion. „Wer nicht hierher gehört, gehört nicht hierher! So einfach ist das! Weil Gesetz muss Gesetz bleiben! Und eines sage ich euch hier und jetzt unmissverständlich: Wem nicht passt, was die Chefredaktion entscheidet: Dort ist die Tür! Ich werde keinen Reisenden aufhalten! Für alle anderen gilt: Zurück an die Arbeit! Wir haben auch heute eine Zeitung zu machen und nicht die Welt zu retten!“

Dann sind wir alle schweigend in unsere Zimmer getrottet. Auch die Sally. Was ich nicht gleich mitbekommen habe: Die hat nur ihre sieben Sachen zusammengepackt, eine Mail mit ihrer Kündigung ans Personalbüro geschrieben und ist einfach gegangen. Die hat echt Charakter, die Sally! Tolle Frau! Und wie immer gehen die, um die es schade ist! Das werde ich ihr noch sagen, wenn ich sie einmal irgendwo wiedersehe.

Am liebsten wäre ich ihrem Beispiel gefolgt. Aber so viel Rückgrat kann ich mir leider nicht leisten. Ich habe keine Wahl, ich muss durchhalten. Wer würde mich denn noch nehmen mit 62? Heutzutage sind ja schon 45-Jährige zu alt für egal welchen Job, außer vielleicht in der Forschung oder in der Kultur. Was für eine perverse Welt! Die Stones treten mit über 70 auf und andere kriegen mit 45 keinen Fuß mehr in die Tür!

Mein Gehalt würde mir auch kein Mensch mehr zahlen. Das war einmal, dass man im Journalismus so gut verdienen konnte wie ich das noch tue mit meinem alten Vertrag. Mit faktischer Unkündbarkeit! Das setzt man nicht leichtfertig aufs Spiel, und ganz ehrlich, schon gar nicht für die Flüchtlinge. Weil eingeladen habe ich die alle auch wieder nicht. Und ich bin ja keiner von ihnen.

Die Neuen im Journalismus kriegen meistens nur so Kurzverträge, Generation Praktikum sind die alle, und viele bekommen nicht einmal das. 70 Euro für eine ganze Seite in der Zeitung oder 60 Euro für einen Tag im Online, so schaut die Welt von denen aus! Und die kriegen nicht täglich einen Auftrag, sind aber immer auf Abruf. Nicht schön, wohin sich das entwickelt hat! Wie sollen solche Leute eine Familie gründen oder eine Wohnung mieten ohne jede Sicherheit? Die können keinen Kredit aufnehmen und sich höchstens aus Obststeigerln Möbel zusammenschustern!

Die Sally ist jung und vor allem stark. Und sie hat eine gute Ausbildung auf der Fachhochschule genossen, die kann Online, Print und Radio! Und sie hat Biss und das, was man in Wien eine Gosch'n nennt, die kann sich durchsetzen! Und wenn sie nichts im Journalismus findet, hat sie früher auch schon öfter einmal gesagt, wenn ihr die Zeitung auf die Nerven gegangen ist, dann geht sie in die PR oder ins Management von irgendeinem kleinen Kulturverein. „Weil ich habe niedrige Fixkosten, mir haben die Eltern ja die Wohnung gekauft, und hohe Bedürfnisse habe ich nicht, außer meiner Schuhsammlung!", hat sie damals gegrinst und auf ihre roten Lackdinger gezeigt. „Mich kann keiner kaufen! Mir stopft niemand mit Geld das Maul!", hat sie heute bockig gesagt, hat den Kopf hoch aufgerichtet, die Mähne geschüttelt und ist mit einem Lächeln davonstolziert auf ihren High Heels.

Schade, die Sally war eigentlich die einzige Positive in der Redaktion. Die gnadenlose Optimistin. Die hat ja sogar geglaubt, dass wir in der EU einmal alle am selben Tag wählen werden, und zwar europäische Parteien, nicht diese nationalen Pimperlvereine. Also wenn man unsere Parteien zum Beispiel mit der chinesischen KP vergleicht, dann sind ja selbst die größeren bei uns Pimperlvereine. Und große haben wir nicht mehr. Alles in Bewegung auf dem Wählermarkt. Keine Parteibindung mehr so wie früher. Früher, da warst du als Arbeiter rot und als Selbstständiger schwarz und dann haben sich die beiden das Land aufgeteilt. Samt Filz und Verkrustungen. Heute rennen die Wähler noch schneller von einer Partei zur anderen, als die Parteien ihre Farbe und ihr Führungspersonal wechseln können.

Ich glaube nicht, dass die Sally recht hat. Ich glaube, es wird eine Renationalisierung geben, weil die EU die Menschen enttäuscht hat. Eigentlich absurd in der Welt der Großen wie eben der Chinesen oder der Inder und in der Welt der Konzerne und grenzübergreifenden Probleme. Wie soll sich da ein kleines Österreich durchsetzen oder auch nur wahrgenommen werden? Die Sally ist halt noch jung, die glaubt noch, dass der Mensch an sich lernfähig ist. Was für ein Irrtum! Aber auch wenn die viel zu positiv ist, oder gerade deshalb, ist ihr Abgang ein Verlust für die ganze Redaktion. Jetzt sind wir Angestellten nur noch alte, graue, ziemlich verhärmte Männer.

Aber die Sally ist eben ganz anders geprägt als wir. Die hat schon mit 16 ein Auslandsjahr gemacht, in Amerika oder in England, das weiß ich nicht so genau. Da hat sie auch ihren Nickname, wie sie das immer ganz weltmännisch, was sage ich!, weltfrauisch nennt, her, denn eigentlich heißt sie ja Franziska. „Keiner sagt mehr Franzi zu mir!", hat sie gesagt und ihre Arme kämpferisch-provokant in die Hüften gestemmt. „Keiner! Und bei mir funktioniert das auch! Nicht so wie bei der früheren Innenministerin! Als die gesagt hat: Keiner sagt Mizzi zu mir, haben die erst recht alle Mizzi genannt. Schotter-Mizzi. Kann mir nicht passieren, weil Schotter habe ich sowieso keinen. Und meine Eltern rücken den ihren nicht so bald heraus. Die sagen, ich soll mich erst einmal bewähren im Leben! Können sie haben! Ich bin auf Bewährung!", hat sie erst unlängst gesagt und ist kichernd davon, um mit einer gar nicht üblen Story über den grenzübergreifenden Zusammenschluss von europäischen Regionen zurückzukehren. „Ihr werdet das alle noch sehen, die Regionen sind die Zukunft. Mit einer Zentrale in Brüssel!", hat sie gemeint. „Darauf wette ich!"

Jetzt kehrt sie mit keiner Story mehr zurück. Traurig. Jetzt bleibt mir wirklich nur noch die Sonja. Weil die Božena kann ich ja nicht zu den echten Freundinnen dazuzählen, wir haben ja ein anderes Arbeitsverhältnis als mit der Sally. Obwohl mir die Božena am Montag wieder ein ganzes Blech voll Baklava auf den Küchentisch gestellt hat, so viel wie für eine halbe Kompanie. Aber sie bleibt halt am Ende doch nur meine Putzfrau.

Die drei Jahre bis zur Pension muss ich einfach noch durchdrücken, auch ohne so feine Menschen wie die Sally. Wie oft habe ich im Leben schon drei Jahre erlebt? Das kann nicht so schwer sein und mit der Sonja als seelisches Standbein werde ich das schaffen. Drei Jahre und danach kann mir egal sein, wo sich die Zeitung und der gesamte Journalismus hin entwickeln. Da sitze ich dann am Strand und schaue aufs Meer und höre statt dem Online-Heini das Wellenrauschen. Niemand wird mich dann anbrüllen und mir die Welt erklären!

Dass sich niemand bei uns in der Chefredaktion fragt, wo das alles noch enden wird! Hätte ich diese Story über die Somalis ein Jahr früher geschrieben, hätte sie ganz viele positive Reaktionen bekommen, davon bin ich überzeugt. Aber die Stimmung hat sich dermaßen gedreht, dass es erschreckend ist, selbst für mich, der ich ja wirklich nicht der größte Flüchtlingsfreund von allen bin. Ich finde ja auch, dass es schon sehr viel war, was uns da abverlangt wurde durch die große Flüchtlingswelle 2015. Aber dass man nicht einmal mehr über eine wirklich liebe Familie schreiben kann, die doch alles richtig macht, was der Staat und die Gesellschaft verlangen, das ist schon traurig.

Was hätten diese Somalis anders machen sollen, als in Deutschkurse gehen, soweit das Neugeborene das bei der jungen Mutter zulässt? Ihre Tochter in den Kindergarten schicken? Einen Mann haben, der studiert hat und der unbedingt so bald wie möglich wieder in seinem Beruf arbeiten will und notfalls auch als einfacher Arbeiter? Der ist doch sogar Akademiker, ganz im Gegensatz zu den meisten unserer Leser! Hätte sich der in Somalia den Kopf abhacken lassen sollen? Wären diese Kommentierer von heute dann zufrieden? Und wo wäre dann der Unterschied zwischen denen und den moslemischen Kopfabschneidern?

Ach was soll's, ich spür anscheinend den Wein. Jetzt trink ich noch ein Viertel oder auch zwei, weil ich will mich nicht an die Brüllerei in der Redaktion erinnern und nicht an die selbsternannten Schmierfinken und nicht an den Verlust von der Sally. Ich will, dass all die Beflegelungen, die Unterstellungen, die Gemeinheiten aus meinem Kopf verschwinden, auf der Stelle! Ich will, dass die Stimmen im Kopf endlich tot werden.

Donnerstag

AM SPÄTEN ABEND, ALLEIN AN DER THEKE IM GASTHAUS

Ich fasse es nicht! Ich kann das nicht kapieren, wie mir das hat passieren können, ausgerechnet mir! Wie gibt es das, dass ich so sagenhaft blöd sein konnte, so unglaublich naiv, so sensationell vertrottelt? Ich bin der größte Idiot unter der Sonne! Und unter dem Nachthimmel auch gleich dazu!

Jetzt lalle ich schon beim Denken. Die fünf Gespritzten waren das sicher nicht, aber die Schnäpse. Das muss man sich in einem gewissen Alter eingestehen: So viel wie früher verträgt man einfach nicht mehr, egal, wie viel man geübt hat. Und geübt hätte ich ja ausreichend in meinem Leben. Das Trinken sowieso, aber auch das Verzichtenmüssen auf alles, was bei anderen so selbstverständlich ist.

Als Junger kann man ja einstecken wie ein Großer. Saufen, kaum schlafen, aufstehen, Kopf unters kalte Wasser, Zahnpasta in den Mund und weiter geht's, als wäre nichts gewesen. Auch seelisch war das früher leichter, das Einstecken. Jetzt tut es viel mehr weh. Liegt das daran, dass die Einschläge kommen, während man schon die Endlichkeit spürt und merkt, dass es Dinge gibt, die man nicht mehr ändern, nie wieder reparieren kann?

Oder tut es nur so weh, weil ich im Jetzt hocke und nicht in einem lang vergangenen Leid? Wie war das damals, als mich die Brigitte sitzen ließ? Und davor die Gerti, mit ihrem Cabrio, den langen Beinen und der langen Leitung? Und wie war das für die blasse Marie, der ich den Weisel gegeben habe, wie man so schön sagt in meinem geliebten Wienerisch?

Ich weiß nicht einmal mehr, warum ich die habe stehen lassen, buchstäblich, in dieser Bar, wo sie die Nächte durch italienische Lamourhatscher gespielt haben und dazwischen „I did it my way" vom Sinatra und die einsamen Männer plötzlich mit Weltschmerz in den Augen mitgesummt haben, diese Männer, die pro gekipptem Glas ansonsten lauter und lauter geworden sind mit ihren erfundenen, testosteronhaltigen Heldensagen und der Angst vor der Einsamkeit im Nacken. Ich war nie so einer. So ein Testosteronmaulheld. Wenigstens das nicht!

Vielleicht wäre die blasse, leise Marie die Richtige gewesen, mit ihrer regenbogenfarbenen Eigenstrickware am schlanken Leib, den Glockenhosen und ihren Plateauschuhen, auf denen sie trotz ihres Fliegengewichts durch die Gassen getrampelt ist wie ein Jungelefant. Wenn ich im Sommer auf der Straße gehe und mir kommen so Ganzkörpertätowierte entgegen, fällt mir immer die Marie ein. Weil bis diese Tätowierten nahe genug sind, dass ich erkenne, die haben keine bunten Hemden und Hosen an, die haben bloß tausend Tattoos, glaube ich immer, die tragen solche Stricksachen aus den 70er Jahren.

Damals waren Tätowierungen ja verpönt. Das hatten nur die Strizzis und die Seemänner, für die der breitschultrige Freddy Quinn „Junge, komm bald wieder" gesungen hat. Der hat aber auch andere Lieder gesungen, die haben mir gefallen. Das waren die ersten Antikriegslieder. „Hundert Mann und ein Befehl" oder „Eine Handvoll Reis". Aber weil der Freddy eben auch so Seemannsschnulzen gesungen hat, hat keiner seine Kritik am Krieg bemerkt. Den hat man nicht ernst genommen im ernsten Fach. Dem Udo Jürgens später dann ist es auch nicht besser ergangen. Wer hat denn schon bemerkt, dass „Griechischer Wein“ kein hellenisches Schunkellied ist, sondern die Beschreibung des harten Gastarbeiterlebens?

Seefahrer hatten wir in Wien nicht, die sich hätten tätowieren lassen können, Unterwelt aber jede Menge. Manche waren richtiggehend berühmt. Diese Hopfer-Brüder aus Fünfhaus, die kannte damals jeder aus der Zeitung. Die haben sich im Häfen tätowieren lassen, einfach mit irgendwelchen Ritzwerkzeugen und natürlich ohne Farben. Peckerl hat man damals gesagt. Ich mag den Begriff Peckerl, der klingt viel netter als dieses aufgeblasene Tattoo mit dem elendslangen U am Ende, als würde die Körperverschandelung dann eleganter.

Vielleicht hätten wir, die Marie und ich, heiraten und Kinder in diese scheußliche Welt setzen sollen, weil man das so macht, weil das ja alle so gemacht haben und machen außer mir. Im richtigen Alter waren wir. Und von den Berufen hätte es auch gepasst. Sie als Volksschullehrerin, heute müsste man sicher Elementarpädagogin sagen, und ich als angehender Journalist, das wäre eine anständige bürgerliche Familie geworden. Ach was, hätte, wäre, könnte, der Konjunktiv ist des Österreichers liebste Zeitform! Was habe ich vom hätte, wäre, sollte, könnte? Nichts!

Jetzt lümmle ich schon an dieser Holztheke, die ausschaut, als wäre sie von einer Tiroler Alm herunter nach Wien verbracht worden. Und diese grässliche geschnitzte Kuckucksuhr an der Wand, die die Wirtsleute eingerahmt haben mit den bunten Postkarten von Gästen, die ein bisserl in der Welt herumgekommen sind. Wer schreibt heute noch Postkarten? Kein Mensch. Es stirbt so viel aus in unserer Zeit. Und bei dem, was nachkommt, fragt man sich, ob man das alles noch erleben will. Diese Roboterisierung zum Beispiel, die macht mir richtig Angst.

Das ist ja das eigentlich Wahnsinnige an unserer Zeit, dass die sich und die Menschen so schnell verändert, dass der Mensch aus der Puste kommt und wohl bald aus der Bahn geworfen wird, jedenfalls der Durchschnittsmensch. Wenn ich mir vorstelle, dass es in fünf Jahren keine Regalschlichter in den Supermärkten mehr geben wird, und wir bilden junge Leute in diese Richtung noch immer aus, wird mir gleich aus zwei Gründen ganz mulmig: Die Vorstellung, im Supermarkt bedienen mich künftig Roboter, macht mir Angst. Und die Überlegung, was mit all den jungen Leuten geschehen soll, die dann auf der Straße stehen, erst recht. Und auf der Straße stehen dann nicht nur diese Arbeitslosen herum, da fahren dann auch fahrerlose Busse durch die Stadt. Irre, diese Vorstellung!

All diese kommenden Entwicklungen, diese eklatanten Umbrüche in unserer Arbeitswelt, so glaube jedenfalls ich, sind der Grund, warum die Leute so seltsam wählen. In einem normalen Land mit sinkender Arbeitslosigkeit und stetig steigendem Wohlstand müsste ja eine Regierung an der Macht bleiben, der man die guten Daten zu verdanken hat. Aber nein, bei uns wird so eine abgestraft und es kommt einer, von dem kein Mensch weiß, was er eigentlich will! Und von den anderen weiß man es sogar und es schreckt die Wähler nicht! Aber wir sind da in guter Gesellschaft. Halb Europa wählt so komische Sachen zusammen wie wir.

Ach Karli, was nützen dir solche Überlegungen und was nützen dir nostalgische Erinnerungen an die blasse Marie, noch dazu in der Möglichkeitsform? Zurückleben kannst du dein Leben doch nicht, du kannst es nur nach vorne leben! Und ob der Satz, verstehen könne man das Leben nur rückwärts, stimmt, das frage ich mich auch zunehmend, weil bemerken kann ich davon nichts.

„Umschneiden willst dein Leben wie einen Film?“, hat diese lebenslustige Cutterin immer lachend gesagt, die ich hatte, als ich kurz beim Fernsehen war, wenn ich wieder einmal im Schneideraum über nicht ausgelebtes Vergangenes spintisiert habe. „Wie willst es denn umgeschnitten haben, dein Leben? Sag! Ich schneid's dir g'schwind um! Soll ich's dir auf einen Abenteuerfilm umschneiden oder auf eine Liebesschmonzette?“ Dann haben wir gelacht und ich habe meine Hätte-wäre-könnte-Überlegungen blitzartig abgebrochen.

Eigenartig, mein Denken ist so klar wie der Klare, von dem ich schon fünf gekippt habe aus rein medizinischen Gründen. Pharmazie gegen den Schock. Das scheint oft so zu sein, wenn man einen Schock erlitten hat, dass man dann ganz klar ist. Da dämpft einen kein Beruhigungsmittel, ob von der Pharmaindustrie oder vom Winzer. Da ist man innerlich so auf Hochtouren, so aufgedreht, dass man mit was auch immer intus wirkt wie ein normaler, überlegter Mensch. Nur dass man im aufgewühlten Inneren keineswegs normal ist wegen dem Schock.

Wie konnte ich bloß nichts bemerken? Wie gibt es das, dass ich nicht draufgekommen bin, was mit ein bisserl Nachdenken sonnenklar gewesen wäre? Wie konnte mir die Sonja das überhaupt antun? Mir, der ich sie immer gut behandelt habe, ihr nie Vorschriften gemacht und sie nie bedrängt habe, der ich Geduld mit ihr hatte und ihr die Zeit gegeben habe, von der ich dachte, dass sie sie braucht?

Das ist auch so ein Fehler des Menschen, dass er immer für andere denkt statt für sich. Dass er zu wissen glaubt, was ein anderer denkt und erst recht, was er bräuchte, wo man doch selber kaum weiß, was man tatsächlich braucht. „Ich hätte so gerne die Probleme von den anderen, die kann man immer so leicht lösen", hat einmal dieser kabarettistische Exkollege süffisant gemeint, nachdem ich ihm ausführlich erklärt hatte, was er in seiner tristen privaten Lage tun müsste. Ja, für die Probleme der anderen weiß jeder eine Lösung, am besten ungefragt und ungebeten! Den Satz von dem Kollegen habe ich mir gut gemerkt, weil der stimmt, und deshalb habe ich auch auf die Sonja nie eingeredet wie auf ein krankes Pferd.

Sonja? Warum denke ich überhaupt Sonja? Ecaterina heißt die Dame in Wahrheit. „Ecaterina könnt ihr hier euch doch gar nicht merken", hat sie gesagt. „Deshalb habe ich mich Sonja genannt. Das kann jeder aussprechen." Sie hat mir überhaupt viel gesagt und viel erklärt heute Abend. Eigentlich sogar mit einer messerscharfen Logik, die Gnädigste. Aber wer kann das schon zugeben, wenn er sich in meiner jämmerlichen Lage befindet?

Wie konnte ich mir selber das alles bloß antun, was ich da ein ganzes Jahr lang zusammengelebt habe wie ein Vogel Strauß, mit dem Kopf im Sand? Ich hätte die Ecaterina-Sonja ja beinahe gefragt, ob sie mich heiraten will, irgendwann später. Fast hätte ich schon in Wien einen Verlobungsring gekauft, weil ich nicht bis Grado warten wollte, ich Laiendarsteller im falschen Film! Wie gut, dass ich wenigstens nicht zum Juwelier gepilgert bin, den Ring könnte ich mir jetzt an den Hut stecken! Und ich habe nicht einmal einen außer diesem Strohhut für den italienischen Sommer.

Bitte, wer kann sich auch nur im scheußlichsten Alptraum vorstellen, dass die Frau, die du fragst, ob sie mit dir am Samstag auf Urlaub fährt, natürlich als Einladung, einfach „nein“ sagt? Kühl und mit ruhiger Stimme, als würde sie so etwas täglich drei Mal gefragt und als wäre es das Belangloseste auf der Welt, so ein erster gemeinsamer Urlaub, der ja dazu dienen würde, eine stabile Basis für ein gemeinsames Leben zu schaffen. Nein. Einfach ein einsilbiges Nein. Und dann auf mein Drängen hin: „Nein, Karl, das geht nicht. Ich fahre am Wochenende nach Hause.“

„Was heißt, nach Hause? Du bist doch in Wien zu Hause!“, habe ich Trottel gesagt. „Nein, Karl, ich bin hier nicht zu Hause. Ich war hier, um Geld zu verdienen, sechs lange Jahre. Zu Hause bin ich in Moldawien.“ – „Aber was willst du in dem Armenhaus? Dort gibt es doch nichts, absolut nichts von dem, was du in Wien alles haben kannst!“, habe ich Volldepp gesagt. „Was habe ich in Wien?“, hat sie gefragt. „Geschäfte voller Sachen, die ich nicht brauche? An jeder Ecke Esslokale, als würde man ansonsten verhungern. Überall Getränkestände, als wäre Wien in der Wüste und man müsste aufpassen, nicht zu verdursten. Konsumwahn habe ich in Wien und eine mühsam aufgebaute Existenz, mehr nicht. In Chișinău habe ich eine Tochter und bald auch ein Enkelkind und zu denen fahre ich. Nach Hause. Nach Hause zu meiner kleinen Familie, zu meinen Schulfreundinnen, zu meiner Sprache, meinen Speisen, meiner Kultur!“

„Bitte, was willst du in dem Chisinau?“ – „Kischinau heißt das. Das solltest du eigentlich wissen. Du hast mir doch erzählt, dass du damals, 1989, so viel über die rumänische Revolution geschrieben hast, die in Wirklichkeit ein Putsch der Elite war. Du hast doch so viel über den Ceaușescu geschrieben und den hast du richtig ausgesprochen. Tschauscheschku. Also könntest du wissen, dass dieses Schweineschwänzchen unter dem C ein Tsch ist. Ein Tsch! Wofür ihr vier lange Buchstaben braucht, dafür haben wir einen einzigen!"

„Wieso vier? Drei!", habe ich sie unterbrochen. „T-S-C-H, das sind vier und daran gibt es nichts zu deuteln", hat sie gesagt. „Und Chișinău hat ein Schweineschwänzchen unter dem S und das bedeutet sch!" Richtiggehend aufgepudelt hat sie sich darüber, dass wir Westler so desinteressiert sind an allem, was nicht aus dem Westen stammt, dass wir nicht einmal merken, wie wir das osteuropäische Alphabet ignorieren, einfach, weil uns ganz Osteuropa minder vorkommt.

„Ihr habt ja auch immer Milosevitz geschrieben statt Miloschewitsch, also Milošević mit einem kleinen V auf dem S und einem Accent auf dem C, weil euch nicht interessiert, welche Accents wir im Süden und Osten haben. Bei den Franzosen findet ihr es chic, die richtigen Accents zu setzen, das bedeutet für euch Bildung. Aber den Osteuropäern vergönnt ihr nicht einmal ihre richtigen Namen! Ein Wunder, dass ihr New York richtig schreibt und nicht Neu Jork mit Jot am Anfang! Aber nein, das ist ja der viel bewunderte Westen!"

„Meinetwegen heißt das Kischinau. Kischinau, wenn du willst", habe ich sie unterbrochen. „Aber was hast du mir erzählt, wie es dort ausschaut? Wie in den 1980er Jahren im Kommunismus, hast du gesagt. Und in den Dörfern, da kann ich mich genau erinnern, wie du das erzählt hast, in den Dörfern leben sie in Holzhäuserln wie die Russen in ihren Datschen fürs Wochenende. Mit Kohlköpfen in den Vorgärten, damit sie irgendein Vitamin haben. Und es gibt nichts, keinen Supermarkt, kein Schuhgeschäft, keinen Arzt. Und vor allem keine Leute in deinem Alter, nur Kinder und Großeltern. Weil alle anderen irgendwo im Westen Geld verdienen. So hast du mir dein Moldawien beschrieben. Und dorthin willst du freiwillig zurück? Wie verrückt ist das denn?", habe ich fast schon geschrien.

Ich schreie ja nie, ich kann schreien nicht leiden, das ist mir zu undiszipliniert und ich finde Selbstkontrolle sehr wichtig. Nur heute Nacht nicht. Schon seit ich ein Kind bin, weiß ich, dass, wer schreit, in Wahrheit total hilflos ist. Das weiß ich durch den Vati, der hat die Mutter öfter einmal angeschrien. Der konnte ganz schön jähzornig sein gegenüber der Mutter, mir gegenüber war er ja nie so unbeherrscht. Die Mutter hat das überhaupt nicht leiden können und hat ihn dann wochenlang durch beharrliches Schweigen bestraft. Und ich habe dank Vatis Anschauungsunterricht schon als kleiner Bub gemerkt, der ist nicht böse oder gar gefährlich, der ist schlicht hilflos.

Ich habe sogar über den Heurigentisch gegriffen und die Sonja, also die Ecaterina, an den Armen geschnappt und gebeutelt. Was habe ich mir bloß davon erwartet? Dass sie durch das Schütteln vernünftig wird? Dass ich sie würde umstimmen können? Ich bin das größte Rindvieh auf dem Planeten! Das Schütteln hat sie nur noch distanzierter, richtiggehend abweisend gemacht. Fast gezischt hat sie, als sie mir dann in einer beinahe gespenstischen Sachlichkeit ihre Lebensgeschichte zu erzählen begonnen hat.

Sie hatte einen guten Job in der Sowjetunion. In einer Weinerzeugung war sie erst so etwas wie Buchhalterin, später sogar Vizemanagerin von so einer Weinkolchose oder -sowchose, oder wie das heißt. Dann ist die Sowjetunion zusammengekracht, da war das kleine Moldawien schon ein halbes Jahr selbstständig, aber logischerweise sehr abhängig vom großen

Russland, auch wegen der russischen Minderheit im Land, aber vor allem wegen der Wirtschaft.

War das damals absurd, als unser jahrzehntelanger gefährlichster Feind, die Sowjetunion, einfach implodiert ist im Dezember 1991 und diese angebliche Qualitätszeitung hat nur einen kurzen Einspalter gebracht! Diese Superjournalisten haben das größte Ereignis in Europa seit dem Zweiten Weltkrieg einfach nicht kapiert und sich mit einer klitzekleinen Meldung blamiert! Und wir vom Boulevard sind mit der total seriösen, hämefreien Schlagzeile „Sowjetunion aufgelöst!“ und vier Sonderseiten rausgekommen, wie das jede vernünftige Zeitung gemacht hat, außer eben dem angeblichen Qualitätsblatt. Von wegen Qualität!

Auch egal, blamiert habe heute ich mich, und wie! Weil dass ich vor der Sonja-Ecaterina fast weinen würde, das verzeihe ich mir in meinem Leben nicht! Bei aller Tragik dieses heutigen Abends, wenn ich ein richtiger Mann wäre, dann hätte ich die Sonja erklären lassen und hätte zugehört und dann wäre ich aufgestanden und hätte sie wortlos sitzen lassen. So hätte das ein Mann gemacht! Und was mache ich? Ich kriege nasse Augen und es versagt mir die Stimme. Was bin ich nur für ein Waschlappen! Wenigstens haben wir zum Schluss quasi synchron stumm in uns hineingeweint, aber das tröstet mich jetzt auch nicht.

Aber ich war ja bei der Geschichte von der Sonja in Moldawien. Für sie und ihre Tochter – da erfährt man so nebenbei, dass die Frau, mit der man sein Leben verbringen will, eine Tochter hat! – war eine Zeit lang noch immer alles so weit in Ordnung nach dem Ende der UdSSR. Bis die Russen wegen dem abtrünnigen Transnistrien, wo die russische Mehrheit meinte, zu wenige Rechte von der mehrheitlich rumänischen Hauptstadt bekommen zu haben, ihren Brüdern zu helfen gedachten und einen Weinboykott ausgerufen haben.

Das hat die Weinfirma von der Sonja, von der Ecaterina, sehr getroffen, denn die Exporte sind fast ausschließlich nach Russland gegangen. Sie hat deshalb nur noch halbtags arbeiten dürfen und konnte sich kaum über Wasser halten mit ihrer Tochter Nadeschda. Und die Sonja, „Du weißt ja gar nicht, wie das als Alleinerzieherin ist!“, hat sie gesagt, also die Sonja-Ecaterina musste sich nach einer Verdienstmöglichkeit umschauen und da kam ihr in den Sinn, nach Wien zu fahren und die Nadeschda, die gerade maturiert hatte, allein zurückzulassen, aber wenigstens mit dem nötigen Geld für das Studium zu versorgen.

„Warum Wien?“, habe ich sie gefragt, da war ich dann zum Glück endlich etwas ruhiger, wenigstens äußerlich. „Weil eine Bekannte von mir schon hier war. Und weil ich Deutsch kann. Und Walzer mag ich auch“, hat sie gesagt, als wäre der Walzer eine sinnvolle Begründung, sich ausgerechnet in Wien ein Dasein aufzubauen. „Und wenn du Walzer magst und eh Deutsch kannst, sogar Wienerisch, warum bleibst du dann nicht einfach hier?“, habe ich dann, aus meiner Sicht vollkommen logisch, gefragt.

Ich hasse dieses Hirn, wenn es Wort für Wort wiedergibt, was ich eh grad in echt gehört habe. Als wäre das nicht mein Gehirn, sondern ein Aufnahmegerät, das irgendein Interview abspielt. Wahrscheinlich kommt das durch den Beruf. Eine Déformation professionnelle ist diese seltsame Eigenschaft, dass ich mir einmal Gehörtes siebzehnmal in meinem Hirn vorspielen kann. Und dann kann ich solche Dialoge wie den mit der

Sonja auswendig, als wären sie berühmt wie von Shakespeare. „Sein oder Nichtsein, das ist hier die Frage." Wie wahr! Heute Nacht ganz besonders für mich.

„Ja, glaubst du denn, es ist lustig, in der Fremde zu leben?", hat die Sonja-Ecaterina mir Konter gegeben. „Glaubst du, wir kommen freiwillig hierher und putzen euch die Wohnungen oder euren Alten den Hintern und füttern die Hilflosen wie Säuglinge oder machen, was ich zu machen gezwungen war? Glaubst du, ein normaler Mensch geht freiwillig von zu Hause weg, von seiner Familie, seinen Freunden, seiner Muttersprache, seinen Speisen, seinen Liedern, seiner ganzen Kultur und seinen Jugenderinnerungen? Glaubst du das wirklich?"

Und dann hat sie losgelegt. „Ihr glaubt doch alle, wir, ob wir nun Flüchtlinge sind oder Wirtschaftsflüchtlinge oder ganz legal hier einreisen, wollen uns nur in eure Sozialsysteme einschleichen und euch euren Wohlstand vom Kopf fressen. Dass wir ein Leben hatten, ein Familienleben, ein Freundesleben, ein kulturelles Leben, das könnt ihr hier euch ja gar nicht vorstellen! Ihr habt ja auch gar keine Ahnung, wie beglückend ein einfaches Leben sein kann, mit Hausmusik und Spieleabenden und selbst gemachtem Essen und ohne euren ganzen Überfluss! Wir kommen hierher, weil wir gezwungen sind, nicht weil bei euch das Paradies ist. Eure Welt, die ist ein Paradies für Waschmaschinen und Fernseher und Computer und Autos. Aber für die Menschen nicht. Oder was glaubst du, warum bei euch so viele Leute unglücklich sind? Warum sie Drogen nehmen oder Psychopharmaka oder sich zu Tode saufen? Warum die Psychiater sich dumm verdienen und die Selbstmordrate so hoch ist?!"

Solche Erzählungen, dass man ja nicht freiwillig von zu Hause fortgeht, habe ich ja öfter gehört, besonders von Flüchtlingen, weil ich habe ja sehr wohl mit Flüchtlingen aus der großen Welle von 2015 geredet. Es stimmt ja überhaupt nicht, was die Kollegen von den selbst ernannten Qualitätsblättern sagen, dass wir nur die schlechten Seiten von diesen Leuten beschreiben und die ja niemals auch nur aus der Nähe gesehen haben. Das sind echte Fake News, das habe ich ja erst gestern mit meiner Story über diese wirklich nette und kultivierte somalische Familie bewiesen.

Klar haben mir diese Flüchtlinge, mit denen ich schon früher geredet habe, gesagt, dass sie tausend Mal lieber zu Hause geblieben wären, wenn man irgendwie hätte überleben können. Wird schon stimmen bei manchen, aber nicht bei allen. Und die aus Somalia und Afghanistan, mit denen ich einmal in so einem Auffanglager mühsamst mit einem schlechten Übersetzer gesprochen habe, die sagten wirklich alle, dass sie Österreich gar nicht kannten, bevor sie hierhergekommen sind.

Die wurden von den Schlepperkleinbussen einfach bei uns ausgespuckt oder sind hier aus dem Lkw gekrochen, in den sie in Italien hineingekrochen sind, nachdem sie die Überfahrt von der Türkei nach Griechenland überlebt und sich bis nach Italien durchgeschlagen hatten. Ein Jugendlicher, der ganz ohne Familie aus Afghanistan geflüchtet ist, hat mir einmal erklärt, dass man einen Stein mithaben muss, weil einen der Lkw-Fahrer nicht hört, wenn man in seinem Versteck im Unterboden des Lasters ruft.

Mit dem Stein muss man gegen die metallene Lkw-Verschalung schlagen, dann erst merkt der Fahrer, dass sich jemand bei ihm versteckt hat. Und wenn er dann stehen bleibt auf irgendeinem Parkplatz, dann springen die Burschen heraus und rennen in alle Himmelsrichtungen davon.

Ich weiß es ja, dass vieles nicht ganz so ist, wie wir das in der Zeitung hundert Mal geschrieben haben. Ich weiß, dass es diese Einzelschicksale von Flüchtlingen gibt, dass die mit dem Tod bedroht wurden, dass sie mit angesehen haben, wie Familienmitglieder erschossen wurden und Frauen vergewaltigt. Aber es bleibt trotzdem die Frage: Können wir denn alle nehmen? Das ganze Weltenleid bei uns einquartieren, bis hier das Chaos und die Armut und die Gewalt ausbrechen, auch unsere eigene, rechte Gewalt als Reaktion auf die Überfremdung?

Nein, das können wir nicht. So etwas kann nur wollen, wer dem eigenen Land den Untergang wünscht. Und auch den Flüchtlingen. Denn wenn wir alle nehmen, dann ist für keinen mehr etwas da. So einfach ist die Logik! Und, ganz ehrlich, was ich auch nicht haben will, dass bei uns die Rechten noch mehr hochkommen, als sie ohnehin schon in der normalen Gesellschaft angekommen sind. Dazu habe ich im Geschichtsstudium genügend aufgepasst, dass ich solche Zustände wie früher bei uns oder wie in Ungarn und in Polen nicht haben will in meinem Land. Schon gar nicht als Journalist, allein schon wegen der Zensur, und wenn es nur die Selbstzensur wäre.

Die Sonja, also die Ecaterina, die ist aus anderen Gründen gekommen als die Flüchtlinge. Die war nicht verfolgt. Die hatte, wenn man so will, einfach Pech mit ihrem Herkunftsland. Dieser Spruch, den mir einmal ein englischer Journalist gesagt hat, der stimmt wirklich. „You have to choose your parents and your birthplace very carefully." Und dann hat er noch nachgesetzt: „Und die Zeit, in der du geboren wirst, auch die musst du sorgsam auswählen!"

Ich habe den Geburtsort sehr gut ausgesucht, die Eltern auch halbwegs. Und ja, die Zeit der Geburt ganz sicher. 75 Jahre oder drei Generationen früher und ich wäre in die Hölle hineingeboren worden. Wie viele sind in der Zwischenkriegszeit ausgewandert, weil es bei uns nichts zu fressen gegeben hat, weil es keine Arbeit gab, weil sie nicht gewusst haben, wie die Kinder durchbringen? Und wie viele sind nach dem Hitler-Wahnsinn in ein besseres Leben geflohen? Hunderttausende! Stimmt schon, dass wir das heute nicht so richtig bedenken, dass es jetzt eben anderen so geht wie unseren Vorfahren bei uns in Österreich und überhaupt in Westeuropa. Wir sind schon sehr eurozentriert, aber so sind wir eben.

Und es gibt auf der Welt Probleme, die lassen sich nicht auf eindeutig moralische und logische und gerechte Weise lösen, da muss es eine Güterabwägung geben, was verkraftbar ist und was nicht. Die Flüchtlingsfrage, und keiner kann mir einreden, dass die nicht noch viel größer werden wird, ist so ein Problem. Alle hereinlassen geht nicht. Auch wenn man weiß, dass da Babys im Meer ersaufen und ihre Mütter noch dazu. Alle ertrinken lassen geht auch nicht. Ich habe schlichtweg keine Lösung für dieses Problem. Ich habe ja nicht einmal eine Lösung für mein eigenes Problem.

„Ich muss jetzt nicht mehr hier Geld verdienen", hat die Sonja-Ecaterina mir trocken mitgeteilt. „Meine Tochter hat jetzt fertig Medizin studiert und nächste Woche kriegt sie ihr Doktoratsdings und da werde ich dabei sein und mich mit ihr freuen! Und ich werde eine kleine Weinhandlung im Zentrum von Chișinău aufmachen. Das Lokal hat meine Tochter schon gefunden. Ich werde dann den Businessmen, die hauptsächlich aus Russland kommen, guten, teuren Wein verkaufen und kleine Snacks und Chips und Oliven und Erdnüsse servieren, so wie ich das in Wien gesehen habe. So schaut's aus."

„So schaut's also aus?", habe ich sie nachgeäfft, sie, die sie diesen Spruch ja von mir übernommen hat. „So schaut's aus" sage ich sehr oft, immer wenn ich eigentlich sagen will: Ende der Debatte. „Und wenn das alles so ausschaut, dann kannst du mir auch endlich sagen, wie genau du hier eigentlich dein Geld verdient hast. Was soll das sein, eine Empfangsdame? Wo? Wen hast du da empfangen?"

„Ja, was hast du dir gedacht, was ich arbeite?", hat sie nicht gefragt, sondern fast vorwurfsvoll gesagt. „Was wohl? Was, glaubst du, waren deine hundert Euro, jedes Mal, wenn wir uns am Anfang getroffen haben? Almosen?", hat sie gepfaucht. „Ein Gehalt vielleicht?! Es war das Studiengeld für meine Tochter!"

Ja, was habe ich mir tatsächlich gedacht? Nichts habe ich gedacht. Ich habe gedacht, das ist alles normal, so, wie wir uns langsam angenähert haben. Ich habe mir gedacht, dass man ja der Frau aus Moldawien ruhig ein bisserl eine Art Taschengeld geben kann, wenn man selber so gut verdient wie ich. Das habe ich mir gedacht. Weil ich nicht nachgedacht habe, ich größter Vollkoffer von der ganzen Milchstraße! Ich habe mir gedacht, das passt schon so. Und ganz tief im Inneren habe ich mir gedacht, die Sonja ist praktisch.

Die will nichts, die fordert nichts, und vor allem will sie mich nicht ummodeln, nicht verändern, nicht umerziehen, nicht einen anderen aus mir machen, wie das ja alle Frauen grundsätzlich mit einem Mann wollen. Wie absurd das ist, wie vollkommen unlogisch! Da lernt man jemanden kennen und der gefällt einem, wie er ist, und kaum hat man ihn sich geangelt, beginnt der Umbau.

Männer sind nicht so. Die sehen eine, die ihnen gefällt, und die wollen sie dann haben, so wie sie ist. Wir sind viel logischer als die Frauen, auch wenn so Psychotanten meinen, Männer wären einfach nur genügsamer. Und wenn ihnen die nicht mehr passt, die zu Hause sitzt, dann suchen sie sich eine heimliche Zweite, wo sie das kriegen, was die zu Hause anfangs versprochen hat und nicht mehr halten will.

Auch so eine sensationelle Frauenunlogik! Wenn nur die Männer auf die Pirsch gingen und die Frauen alle treu wären, dann müssten es ja alle fremdgehenden Männer mit Männern treiben. Tun sie aber nicht, egal, wie viele Schwule sich geoutet haben, seit das gesellschaftlich geht. Folglich sind die Frauen auch nicht moralischer als die Männer und holen sich auch ihre aushäusigen Naschereien. Nur vielleicht verschwiegener als die Männer.

„Und was waren das für Männer, mit denen du da, ja was hast du mit denen überhaupt gemacht?", habe ich die Sonja-Ecaterina dann gefragt. Weil ich wollte dann doch die ganze Wahrheit wissen.

„Ganz normale Männer. Männer wie du. Männer wie deine Kollegen. Männer, die auf Geschäftsreise nach Wien kommen und den Abend nicht alleine verbringen, nicht alleine beim Essen sitzen wollen", hat sie emotionslos geantwortet.

„Und mit all diesen Männern bist du ins Bett gestiegen wie mit mir?"

„Nein. Wir machen ein Begleitservice. Das bedeutet nicht automatisch, dass es Full Service gibt."

„Aha. Und wenn das nicht automatisch ist, wann ist es dann?“, habe ich blöd gefragt.

„Manche sind einem angenehm, die sind gepflegt, riechen gut, sind höflich, kultiviert, da ist es vorgekommen, dass man den Abend nicht im Restaurant beendet, gegen einen stattlichen Aufpreis. Aber, ganz ehrlich, die meisten Männer wollen hauptsächlich reden. Die sind einsam, manche am Boden zerstört, weil die Beziehung kaputt ist oder weil sie den Druck im Job kaum noch aushalten. Ich habe viele durchschnittlich verzweifelte Männer getroffen, die gegen Geld das suchen, was sie früher vielleicht beim Pfarrer in der Kirche bekommen haben: ein offenes Ohr und keinen Zwang, sich für irgendetwas rechtfertigen zu müssen. Ich habe das hundsnormale Leid aus unserer Zeit und aus eurer Gesellschaft getroffen.“

Wenn ich die Sonja-Ecaterina nicht gefragt hätte, ob sie nächste Woche mit mir nach Grado fahren will und ob sie sich mit mir verloben will, hätte sie mir dann überhaupt gesagt, dass sie einfach fortfährt auf Nimmerwiedersehen, das habe ich sie nach langem Zögern dann schon noch gefragt. „Natürlich hätte ich es dir gesagt. Ja, heute hätte ich es dir sowieso gesagt.“ Und dann hat sie gemeint, ich hätte mich ja auch nicht wirklich für sie interessiert, so wie die anderen Männer auch, mit denen sie in Wien professionell zusammen war. „Was glaubst du, wieso ich dich so lange nicht wirklich geküsst habe?“, hat sie gefragt. „Hättest du da nicht irgendetwas merken, verstehen müssen?“

Stimmt, wir haben uns auf eine etwas seltsame Art kennengelernt. Ich bin nach einem extrem stressigen Tag in der Redaktion in ein Lokal beim Gürtel gestolpert und wollte nur in Ruhe ein paar G'spritzte trinken, nicht reden, nichts gefragt werden, nichts antworten und nichts von der Welt wissen. Und da saß sie. An der Bar, ein paar Hocker weiter. Sie hat auch nicht gerade glücklich ausgeschaut, damals, aber trotzdem anziehend. Verletzlich irgendwie, als müsste man sie behüten. Wir sind dann ins Gespräch gekommen, haben das eine oder andere Glas miteinander getrunken und als ich ganz gegen meine Gewohnheiten gefragt habe, ob wir noch zusammen na ja, eh schon wissen, da hat sie schüchtern gemeint, ob ich 100 Euro dafür zahlen würde, weil sie wäre in Geldnot.

Wir waren dann in einem Stundenhotel, das kannte ich, weil die Kollegen von dem erzählt hatten. Und ja, sie hat mir keinen Kuss auf die Lippen gegeben, aber das ist mir nicht so wahnsinnig aufgefallen, wir waren ja nicht mehr sehr nüchtern, und es ist mir offenbar nicht abgegangen in meinem endlich abgefallenen Stress von dem speziellen Tag. Dabei hätte ich da schon etwas ahnen können, schließlich weiß ich, dass Nutten niemals küssen.

Ich war ja sogar einmal im Puff, von dort kenne ich die Regeln. Der ungustiöse Anwalt, der oft Prominente vertritt, hatte mich da mitgeschliffen in den ersten Stock, gleich gegenüber vom Stephansdom, vor Urzeiten. Schöne Frauen haben dort gearbeitet, lauter Inländerinnen, aber das war halt noch die Zeit, wo es so gut wie keine Ausländer bei uns gegeben hat und es war ja auch ein Nobelpuff. Da konnte man nicht wenige sogenannte Herren sehen, die man aus der Zeitung kannte. 4000 Schilling hat der Anwalt für jeden von uns hingeblättert, Schampus bestellt, und dann sind wir verschwunden hinter schweren roten Plüschvorhängen. Habe ich das also auch erlebt, habe ich mir nachher gedacht, weil so richtig schön war es für mich nicht, auch wenn sich diese Dame alle Mühe gegeben hat. Aber es war am Ende doch nur ein Geschäft.

Das ist auch komisch, dass kein Mann auf der Welt je erzählen würde, dass er bei einer Nutte war, jedenfalls nicht in meinen Kreisen. Eher würden die erzählen, dass sie zum Psychiater gehen, weil ihnen die Probleme über den Kopf wachsen, als dass sie zugeben würden, es mit einer Bezahlfrau getrieben zu haben. Männer geben wirklich mit allem an, aber damit nicht. Dabei ist doch sonnenklar, dass unglaublich viele Männer zu solchen Frauen gehen, sonst gäbe es ja all die Laufhäuser nicht. Und der Straßenstrich beim Prater feiert auch wieder fröhliche Urständ', das haben wir erst unlängst in der Zeitung geschrieben.

Die Sonja war nie so eine, das ist mir klar. Die hat Niveau, die spricht fünf Sprachen, davon drei Westsprachen! In unserer ersten Nacht hat sie von sich erzählt wie eine normale Frau, die einen Mann kennengelernt hat. Erst heute hat sie eingestanden, dass sie an dem Abend, an dem wir uns das erste Mal gesehen haben, gerade noch vor einem gewalttätigen Mann hat flüchten können. „Ein Manager war er angeblich. Ein Riese von einem Mann und sehr kräftig. Der hat mir im Auto zwischen die Beine fassen wollen und als ich mir das verbeten habe, hat er mich gewürgt. Da bin ich aus dem Auto gesprungen. Ich war so schockiert und habe gezittert vor Angst. Nur deshalb bin ich in das Lokal gegangen, wo du gesessen bist. Nur um nicht ganz allein zu sein nach diesem Schock."

Damals, am ersten Abend, hat sie mir erzählt, dass sie aus Moldawien stammt, dass sie seit fünf Jahren in Österreich ist zum Geldverdienen. Empfangsdame hat sie gesagt und bei mir haben keine Alarmglocken geschrillt. Ihren Körper hat sie mir spät in der Nacht mehr oder weniger leidenschaftslos zur

Verfügung gestellt, muss ich im Nachhinein attestieren. Aber damals habe ich mir darüber nicht den Kopf zerbrochen, da war ich froh, dass der anstrengende Tag ein recht gutes Ende genommen hatte. In dieser unserer ersten Nacht haben sich wohl zwei Unglückswürmer zum Trost vereinigt.

Dass wir uns dann zwei Mal die Woche getroffen haben, immer nur auf zwei Stunden, und dass ich ihr jedes Mal automatisch 100 Euro gegeben habe, das fand ich nicht abartig, weil das Geld hat mir nicht weh- und die Sonja hat mir zunehmend gutgetan. Deshalb habe ich mir nichts weiter gedacht. Ich wollte es laufen lassen, wie es war, weil es war gut so. Dachte ich jedenfalls.

Was ist schon normal auf dieser Welt? Welches Paar ist schon normal? Lebt normal miteinander? Bei den meisten Paaren, die ich kenne, weiß jeder außer den beiden, dass die Beziehung eigentlich im Eimer ist, dass hinter der netten Fassade eine gigantische Einsamkeit wohnt. Und wenn ich mir so die Paare in den Gastgärten anschaue, die sich eine Ewigkeit stumm gegenübersitzen und einander nie in die Augen schauen, sondern immer schnurgerade am Ohr vorbei, dann leide ich richtiggehend. So etwas könnte ich nicht, so eine Einsamkeit zu zweit ertragen. Zu zweit kann ich nicht einsam sein, nur allein. Das kann ich gut, das habe ich gelernt, schon damals als Schlüsselkind. Einsamkeit zu zweit, das ist die Hölle, jedenfalls in meiner Vorstellung.

Ich fand uns normal, die Sonja und mich, so normal, wie ich mir das nur vorstellen konnte. Schließlich haben wir dann recht bald die Nächte miteinander verbracht, wenn auch im Hotel. Und dann eben auch bei mir. Und längst haben wir uns mit der Zunge geküsst, sonst wäre mir ja tatsächlich etwas gedämmert. Und wir haben über unsere Hoffnungen gesprochen und über unsere Freuden und dass das Leben schön ist miteinander. Und wir haben recht viel gelacht und ich habe begonnen, mich leicht zu fühlen. Glücklich sogar.

Ihre Familie, hat die Sonja-Ecaterina weiter erzählt, war ursprünglich nicht aus Moldawien, sondern aus Rumänien. Siebenbürger Sachsen waren sie, aus Sibiu oder Hermannstadt, wie das auf Deutsch heißt. Wegen der Deutschrumänisch-Stämmigkeit, hat sie erklärt, rollt sie das R so komisch, und deshalb musste sie alle modernen Ausdrücke in Wien erst lernen. Weil das Siebenbürgener Deutsch ist so ein altmodisches Deutsch, anscheinend so ähnlich wie das Kroatisch von unserer Minderheit im Burgenland. Die haben ja auch so ein eingefrorenes Altkroatisch, das echte Kroaten richtig zum Lachen bringt, hat mir einmal einer erzählt.

Die Sonja hat dann noch berichtet, dass sie einmal nach Siebenbürgen gefahren ist, um sich anzuschauen, wo ihre Familie her kommt. Das war ein paar Jahre nach der angeblichen Revolution in Rumänien. Nach diesem Umsturz sind die Siebenbürger Sachsen zu Tausenden nach Deutschland ausgewandert und ihre Dörfer haben Zigeuner okkupiert. Das, so hat die Sonja erzählt, hat man schon von Weitem gesehen, ob da Deutsche oder Zigeuner lebten. Ich weiß, Zigeuner sagt man nicht mehr, aber in Rumänien sehr wohl.

Und bei uns ist diese Political Correctness auch sehr blöd. Weil wo endet die? Beim Zigeunerbaron? Da fällt mir dieser Witz ein, bei dem man genau sieht, wo die Correctness hinführt. Kommt ein Mann ins Gasthaus und bestellt ein Zigeunerschnitzel. Fragt der Kellner: „Sinti oder Roma?“ Und dass man keinen „Mohr im Hemd“ mehr bestellen kann, ist ja überhaupt der Gipfel der Blödheit. Weil wer würde schon einen Schwarzen Mohr schimpfen?

Über Siebenbürgen hat die Sonja, also die Ecaterina, erzählt, dass ihre Familie, als der Hitler 1940 nach Rumänien gekommen ist, in die Sowjetunion geflüchtet ist, also in die Moldauische Sozialistische Sowjetrepublik, wie das damals geheißen hat. Das Territorium hat Bukarest einfach abgetreten in der Hitler-Stalin-Pakt-Zeit, um einen Krieg mit den Sowjets zu vermeiden, hat die Sonja mir erklärt. „Meine ganze Familie waren alles Antifaschisten aus Überzeugung. Die mussten nicht Philosophie studiert haben, um zu wissen, dass man nicht Menschen zu Untermenschen machen darf und dass Rasse nur etwas für Hunde ist. Meine Familie wollte nicht unter dem rumänischen Antonescu leben, der mit dem Hitler gepackelt hat. Und wie die Kommunisten sein würden, konnten sie ja damals nicht ahnen."

Nach dem Ende der Sowjetunion ist Sonjas Mann nach Sibirien gegangen, um in der Ölindustrie Geld für die kleine Familie zu verdienen. „Und wie das eben so ist, wenn ein Mann das ganze Jahr ohne seine Frau lebt, hat er sich dann eine Russin gefunden und ist mit ihr geblieben. Ich war ihm nicht böse, ich konnte ihn verstehen", hat die Sonja so friedlich gesagt, dass ich sie für ihre Toleranz ein bisserl bewundert habe. „Hin und wieder hat er uns Geld geschickt, aber als dann dort ein Baby gekommen ist, konnte er das nicht mehr. Und so bin ich nach Wien und vor einem Jahr in dein Leben gekommen."

Ich habe sie dann doch noch gefragt, warum sie immer ihre Halskette so sorgsam abgenommen und auf das Nachtkasterl gelegt hat, ehe wir mit einander geschlafen haben. „Wolltest du die Kette quasi nicht besudeln?", habe ich gesagt. „Ich bin ein gläubiger Mensch", hat die Sonja mit so einem unglaublich warmherzigen, ehrlichen Blick gesagt, dass es mir alles zusammengezogen hat. „Und ich wollte mich so wenig versündigen wie möglich. Gott wird schon verstehen und auch verzeihen, der ist ja gütig. Nur die Menschen sind es nicht."

Und dann hat sie mit belegter Stimme und Augen, aus denen das Wasser fast überging, etwas gesagt, das mich umgehauen und mich hat weinen lassen. „Du warst das Beste, was mir in Wien passiert ist. Du hast mich in Frieden gelassen, mich nicht mit Fragen durchbohrt, du warst nett zu mir. Ich war wirklich gerne mit dir essen und im Prater spazieren und in der Innenstadt. Ich habe dir und deinen Geschichten über die Politik, über die du so oft redest, wirklich gerne zugehört. Ich will, dass du das weißt. Und wenn ich keine Tochter hätte, die mich jetzt braucht, dann würde ich mir dein Angebot wirklich überlegen. Aber es ist, wie es ist. Sei mir bitte nicht böse, Karl."

Ich darf dieses Ende unseres letzten Zusammentreffens, ehe sie aufgestanden und gegangen ist, nicht noch einmal denken. Das halte ich nicht aus. Dazu fehlt mir jetzt wirklich die Kraft. Liegt es am Alkohol oder an meiner Müdigkeit? Je länger ich diesen Abend in meinem Kopf Revue passieren lasse, desto weniger kann ich der Sonja böse sein und das ist ganz schlecht, denn würde ich sie hassen können, wäre mir wesentlich leichter.

Und, ehrlich wahr, zu jeder Geschichte gehören zwei. Mein Teil dieser Geschichte, was war der? Unneugierig, nicht hinterfragend, ja gar nicht fragend. Gänzlich unjournalistisch. Ich muss es mit einem harten Wort beschreiben: ignorant. Ich bin ein ignoranter Mensch.

Und jetzt muss ich von diesem Barsessel herunterklettern und dringend nach Hause ins Bett. Weil sonst erzähle ich mir noch ein paar hässliche Wahrheiten über mich selber und die will ich jetzt alle nicht hören.

Über mich werde ich morgen nachdenken. Oder übermorgen.

Freitag

VORMITTAGS, IM REDAKTIONSBÜRO

Ha! Habe ich es also doch noch einmal geschafft! Noch einmal zurück in die Außenpolitik! Wir haben einfach die beste Chefredaktion von allen! Bei uns ist es eben noch familiär, da hat jeder seinen Stellenwert. Nicht so wie in den anderen Zeitungen, wo unten auf der Galeere nur noch Ellenbogen und oben in der Chefetage nur noch Geiz-ist-geil herrschen. In den anderen Redaktionen, egal ob in den seriösen oder beim Brüllboulevard, sind ja die eigenen Kollegen die größte Konkurrenz, da gibt es Hahnenkämpfe, wie sie der Tierschutz sofort verbieten würde in einem zivilisierten Land wie dem unseren!

Was für ein schöner Geschenkkorb auf meinem Schreibtisch steht! Gleich drei Flaschen Wein, Selchschinken, Honig und, aha, geröstete Kürbiskerne. Die hat sicher der Online-Chef von seinem Latifundium in der Steiermark mitgebracht, der ist ja eher ein Neidiger, der kauft sicher nichts. Der lässt sich beschenken. Und was er nicht brauchen kann, schenkt er weiter, das kennen wir ja alle in der Redaktion.

Die Kürbiskerne hätte er sich sparen können. Andererseits sollen die ja gut sein gegen Prostata, das ist dann wiederum auch nicht so schlecht für einen Mann in meinem Alter. Das Billett haben sie an einem Blumenstrauß angeheftet wie für die Ewigkeit. Blumen für einen Mann! Das hätte es früher auch nicht gegeben, jetzt gendern sie sogar schon die Geschenke, und das ausgerechnet bei uns, wo die Gendergemeinde nur aus der Sally bestanden hat! Das Billett hat die Sekretärin vom Chef beschriftet, die hat noch so eine schöne altmodische Schrift mit so geschwungenen Großbuchstaben, die herzensgute Frau. „Für Dr. Karl Schmied, persönlich".

Wie viel Mist auf meinem Schreibtisch herumkugelt, sagenhaft! Am besten, ich schmeiße all die Zeitungsartikelberge einfach ung'schaut weg. Brauche ich doch alle nicht mehr in der Außenpolitik, das waren ja alles Anregungen für Storys für die Chronik, falls mir einmal selbst nichts Berichtenswertes eingefallen wäre. Nie wieder Chronik! Nie wieder! Was für ein Tag! Ein Supertag ist das nach der gestrigen privaten Pleite, den habe ich mir aber so was von verdient, dass es verdienter gar nicht ginge!

Komisch, dass mir vorhin die Kollegen, die da beim Kaffeeautomaten zusammengestanden sind, gar nicht gratuliert haben zu meiner Rückkehr in die Außenpolitik. Die haben sehr seltsam geschaut und ihren Gruß haben sie so eigenartig in sich hineingemurmelt. Die hätten doch sagen können: Toll, dass du wieder in die Außenpolitik gehst, da passt du doch wirklich am besten hin! Na ja, der Neid is' a Hund! Die wollten sicher auch alle viel lieber in die Außenpolitik statt in dem Blutressort zu bleiben.

Die Chronik ist ja auch wirklich ein hartes journalistisches Pflaster mit den ganzen Umbringungen, den Familientragödien und Schießereien und Messerstechereien und Selbstmorden und den Kleinkindern, die den Eltern aus dem Fenster fallen. Ich verstehe das nicht, warum so etwas fast jede Woche passiert, wo wir doch längst so super Fensterverriegelungen für Kinder haben! Und das sind nicht immer Migrantenkinder, die da hinunterfallen, das passiert schon verdächtig oft richtigen Inländereltern.

Gut, dass ich endlich von der Chronik wegkomme! In der Außenpolitik werden schließlich die wichtigen Geschichten gemacht, die weltpolitischen Geschichten! Die liest unter Garantie auch die Außenministerin! Bei der Türkei waren es ja überhaupt wir von der Zeitung, die der Regierung die antitürkische Linie vorgegeben haben. Da haben die in der Politik noch geglaubt, man kann mit dem Sultan vom Bosporus verhandeln. Na ja, naiv halt. Man glaubt gar nicht, wie naiv Politiker oft sind, wie die sich ihre eigene Welt basteln in ihren Köpfen und die Wirklichkeit nicht sehen!

Wir waren es, die damals getitelt haben: „Dritte Türkenbelagerung von Wien droht!", weil wir haben ja wirklich so unfassbar viele Türken hier und die gehen ja viel fleißiger zu türkischen Demonstrationen als die echten Österreicher zu welcher Demo auch immer. Diese Türken kommen seelisch bei uns einfach nicht an, also die große Mehrheit nicht. Natürlich, mein Edi vom Ecklokal, der ist schwer in Ordnung, aber der ist ja eigentlich auch Kurde und nicht Türke. Allein schon, dass er sich Edi nennt, weil wir Österreicher uns das besser merken können als seinen eigentlichen Vornamen Erdal, das zeigt doch schon, der will sich integrieren mit seiner blonden Frau und dem süßen Baby.

Aber die Mehrheit der Türken ist einfach stehen geblieben in der Entwicklung, die sind Anatolier geblieben und so seltsame Patrioten, wo man sich schon fragt, warum leben die dann nicht zu Hause, sondern bei uns? Jeder, der einmal in Anatolien war, weiß, das dauert Jahrhunderte, bis die sich von ihren Traditionen befreit haben werden. Als der Obertürke bei uns in

Wien Politik gemacht hat mit seinem Demonstrationsaufruf, da hat es uns in der Zeitung gereicht und dann haben wir diese türkische Massenzusammenrottung einfach gestoppt, weil die Schlagzeile mit der Türkenbelagerung, die hat gesessen! Mit Türkenbelagerungen kann man ja gleich Hunderttausende Österreicher aufstacheln, fast als hätten die alle noch selber eine der beiden Belagerungen dieser Osmanen am eigenen Leib erlebt.

Ja, auch im Falle des türkischen Exportversuchs von deren Innenpolitik mitten nach Wien waren wir auf der Seite der Österreicher. Die Mehrheit der Österreicher will eben keine ausländische Politik auf unserem Boden, schon gar nicht mit Zehntausenden, Fahnen schwenkenden, bärtigen Muselmännern, die dann womöglich noch Allahu Akbar schreien und so wie schon einmal über kurdische Lokale herfallen und die Einrichtung zertrümmern. Wir können einfach nicht dulden, dass die ihre Bürgerkriege mitten in Wien austragen!

Recht hat sie, unsere Bevölkerung, die diese türkischen Wahnsinnigkeiten nicht dulden will, weil ich kann ja auch nicht in die Türkei demonstrieren gehen, wenn mir irgendetwas in Österreich nicht passt oder wenn ich Österreich bejubeln will! Ich kann nicht für einen österreichischen Politiker Werbung machen in den Straßen von Istanbul oder Ankara! Okay, der Vergleich hinkt, weil die Zahl der österreichischen Bürger in der Türkei hält sich ja in engen Grenzen, aber egal. Wer dem Sultan huldigen will, der soll das gefälligst in der Türkei machen und nicht bei uns!

Und was haben damals unsere Politiker gemacht? Zuerst haben sie verschwurbelt herumgeredet, dass man in einer Demokratie nicht so einfach die freie Meinungsäußerung verbieten kann und dass auch die hier lebenden Türken das Recht auf Demonstrationen haben wie alle anderen auch, weil die sind ja großteils österreichische Staatsbürger. Und dass die Gesetze einzuhalten sind, natürlich von den Türken, aber eben auch vom Staat und dass man das eben tolerieren muss, wenn die demonstrieren wollen, weil demonstrieren ist ein Bürgerrecht.

Und kaum hatten wir ein bisserl Druck gemacht und diese super Schlagzeile rausgehauen, gab es ein Auftrittsverbot für türkische Politiker und einreisen hätten sie gleich auch nicht dürfen, sofern sie hier nicht politische Gespräche mit unseren Ministern gehabt hätten. Diese Türken-Geschichte ist der perfekte Beweis, dass die Politik immer wieder uns Journalisten braucht, damit sie die richtigen Entscheidungen trifft.

Wir sind nicht nur die Kontrollsäule in der Demokratie, wir sind längst auch die Vordenker für die Feiglinge ganz oben im Staat mit ihrem diplomatischen Wischiwaschi und ihrer Political Correctness, statt dass sie endlich einmal auf den Tisch hauen! Manchmal muss man eben Altdeutsch sprechen, mit denen, die unsere Ordnung nicht verstehen wollen, ob es Türken sind oder unsere eigenen Politiker!

Der Platz in der Außenpolitik ist für mich überhaupt erst freigeworden, weil sich der eine Jungstar aus der Bundespolitik den Außenpolitikredakteur gekrallt hat, der macht jetzt bei dem irgendwas mit Kommunikation. Alle machen heutzutage irgendwas mit Kommunikation. Oder Beratung. Oder Analyse. Eine ganze Branche aufgeblasener Luftnummern ist da entstanden mit Beratern und Analysten und Kommunikationsexperten.

Was bitte ist ein Kommunikationsexperte? Noch dazu einer, der so lispelt wie der Exkollege! Mir kann das ja jetzt egal sein, für mich ist es sogar ein Glücksfall, ich profitiere von dessen Abgang schließlich wie niemand sonst! Aber so ganz grundsätzlich könnte man sich schon fragen, was da plötzlich für seltsame Beiwagerln für die Politiker gebraucht werden. Warum hat es das früher nicht gegeben? Und warum wohl waren damals die beiden großen Parteien noch wirklich groß und jetzt, mit all ihren supertollen Beratungsexperten, sind sie zusammengestutzt auf 30-Prozent-Parteien, wenn's hoch kommt?!

Ich glaube, die werden alle noch untergehen, diese Scheinarbeitskräfte aus dem gehobenen Expertentum, wenn sich die Menschheit wieder der wichtigen Dinge besinnt, wenn die Leute wieder normal werden. Dann wird es nicht für jeden Schmarren Experten geben, gegen gigantisches Honorar, dann werden die Ministerien nicht für ein Vermögen andauernd Studien und Beratung und Kommunikation auslagern und komischerweise immer an irgendwelche Freunderln und Freundesfreunderln. Früher hat es das alles nicht gegeben und die Welt hat auch funktioniert, sogar viel besser als jetzt!

Manche sagen, es muss erst tief hinunter gehen mit der Gesellschaft und der Wirtschaft, ehe es wieder bergauf gehen kann. Andere meinen, es muss erst richtig knallen, bevor die Welt wieder normal wird, also unsere westliche Welt. Da würde eine Krise so wie die Bankenkrise 2008 nicht mehr ausreichen. Der eine Bekannte von mir meint gar, erst muss der Krieg kommen und alles muss zerstört sein, nur dann kann wieder Neues aufgebaut werden aus den rauchenden Trümmern. Das, sagt er wie ein Mantra, war immer schon so in der Menschheitsgeschichte und, ehrlich wahr, ich als Historiker kann ihm nicht wirklich widersprechen. Auch wenn ich persönlich keinen Krieg brauche, nur damit die richtigen Reformen gemacht werden von den richtigen Leuten, weil ich weiß ja durch meinen Beruf, was Krieg bedeutet.

Von mir aus könnte einfach wieder Vernunft einkehren, besser heute als morgen, von mir aus könnte die Welt einfach wieder geordnet sein und die Leute friedlich und zufrieden. Weil dieses Raunzen geht einem schon sehr auf den Geist. Das kann man ja nicht schreiben in der Zeitung, aber ich weiß natürlich, dass die, die uns lesen, auf hohem Niveau raunzen. Klar gibt es da auch wirklich Arme, aber die sind ja meistens eh total bescheiden, die motzen nicht dauernd herum, die spenden bei Katastrophen sogar noch ihre letzten paar Cent. Aber diese Aufsteiger, die haben kein Gefühl mehr dafür, wie gut sie es eigentlich haben.

Sich aufpudeln, das tun die, denen es eh gut geht, jedenfalls materiell. Die haben doch vollkommen überzogene Vorstellungen, was ihnen die Politik bieten können muss und keinen Schimmer, was sie, verdammt noch einmal, selber zustande kriegen müssten. So wie ich. Mir hat auch keiner geholfen von der Politik, außer vielleicht der Kanzler Kreisky mit seinen Studienmöglichkeiten für die weniger Begüterten. Ohne den Dr. Kreisky hätte auch ich keinen Doktor. Und ohne seine Frauenpolitik hätte die Mutter auch nicht weggekonnt aus dem kleinen Geschäft und es bis ins Büro geschafft. Aber wir hatten ja beide auch nicht die soziale Hängematte als Wunschdestination, so eine verrottete Moral gab es früher ja überhaupt nicht.

Und jetzt, mit meinem Fleiß und meiner Ausdauer und auch meiner Bescheidenheit, schaffe ich es zurück in die Außenpolitik! Die ist mein Revier, mein eigentliches, mein angestammtes Revier, weil ich habe das ja echt studiert, nicht so wie die anderen mit ihrem Bachelor oder mit gar nichts. Und Erfahrung habe ich auch so viel wie keiner sonst in der Zeitung. Von A bis Z, von Albanien bis Zell am See, sozusagen.

Die Doppelseite aus Zell am See vor ein paar Monaten über das Zusammentreffen von Österreichern und Arabern ist mir gut gelungen, weil da konnte ich ja meine Kenntnisse über Saudi-Arabien einflechten, sind ja fast alles Saudis, die nach Zell am See kommen. Da konnte ich über diese Geschlechtertrennung, diesen Protz und diese furchtbare Langeweile schreiben, die sie in dem Golfstaat haben, weil ja dort alles verboten ist, was irgendwie Spaß machen könnte.

Kein Kino, kein Theater, kein Kaffeehaus, ja nicht einmal ein Teehaus, wo man sich gemütlich zusammensetzen könnte außerhalb der engsten Familie, keine Musik. Weil denen so fad ist, gibt es auch so viele Autounfälle in Riad. Die Burschen können ja wirklich nichts anderes machen als mit ihren teuren Flitzern auf den sechsspurigen Stadtautobahnen auf und ab fahren, bis es kracht. Das habe ich so natürlich nicht formuliert, aber wahr ist es trotzdem.

Und jede Woche Handabhacken und Köpfen am Chopchop-Square, am Faschiertenplatz, mitten in Riad! Ja, jeden Freitag! Auch wenn diese Kurzzeitministerin, auch so eine gehypte, überschätzte Kurzkarrieristin, einmal gemeint hatte, die köpfen eh nicht jeden Freitag. Ich habe die Rinne am Hauptplatz gesehen, damals, als ich den Bundespräsidenten in dieses absurde Land begleitet habe. Diese unvergessliche Rinne, die nur dazu da ist, dass das Blut der Delinquenten abfließt und ihnen nicht ihren Platz mit dem schönen Steinboden versaut. Primitiv ist das und sonst nichts! Ich finde Saudi-Arabien noch viel primitiver als Afghanistan. Afghanistan ist bettelarm und kriegszerstört, die hacken den Dieben mit der dreckigen Hacke die Hand ab, weil die sind halt so. In Saudi-Arabien machen sie eine Show daraus und abgeschnitten wird die Hand von einem Chirurgen mit einem bakterienfreien Skalpell. Das ist echt pervers!

Ich habe das so nicht geschrieben, weil das entspricht ja nicht der Sicht der Politik auf die Welt, aber innerlich bin ich mir sicher, Saudi-Arabien ist das schrecklichste Land auf der ganzen Erde. Wie die dort herumlaufen in ihren Nachthemden, das könnte mir ja egal sein und auch denen in Zell am See ist es egal, die sehen nur das Geld, das diese Araber mitbringen und dass sie sich wieder vertschüssen nach drei Wochen Spazierengehen am Seeufer und die Restaurants leer fressen, wenn die halal sind.

Schon lustig, in Zell schreiben sie überall an, was die Moslems essen können, was halal ist. Und in Wien kriegt der Supermarkt einen sensationellen Shitstorm auf Facebook, wenn er Halal-Faschiertes ins Sortiment nimmt. Was soll dem Fleisch schon groß passieren, wenn da einer eine Sure murmelt, bevor das Vieh faschiert und paketiert wird? Aber es ist eben so bei uns, die Leute regen sich auch über Sachen auf, die sie ja gar nicht konsumieren müssen. Die eine Kollegin, die mit den Katzen, hat das Halal-Faschierte so praktisch gefunden, weil da wusste sie, da ist kein Schwein drinnen. Jetzt geht sie wieder zum türkischen Fleischhauer auf dem Markt einkaufen, weil der Supermarkt prompt den Schwanz eingezogen hat vor den Shitstormern und das Halal-Fleisch blitzartig hat verschwinden lassen.

Aber dass diese Scheichs ihre Petrodollars in den Islamexport stecken, und dass das keinen Menschen bei uns wirklich interessiert, das ist der eigentliche Wahnsinn! Dieser Wahhabismus gehört verboten! Und alle, die bei uns für diese irre Sekte Werbung machen, auch! Aber was verbieten sie? Die Burka, die es bei uns eh nicht gegeben hat und mit der wir ich weiß nicht wie viele Schlagzeilen produziert haben. Also Burkas gab es vor diesem Gesetz jedenfalls weniger als Islamisten. Die hat natürlich auch keiner gezählt. Aber das kann man sich an seinen zehn Fingern ausrechnen, dass da hunderte herumlaufen in unseren Straßen und erst recht in den Hinterhöfen, wenn jetzt schon fast jeder Dritte in Wien ein Moslem ist! Wobei ich mir nicht ganz sicher bin, ob die Rechnung stimmt, die Zahlen stammen ja von diesem Brüllboulevard, da muss man vorsichtig sein, weil die saugen sich ja alles aus den Fingern.

Acht Prozent Moslems haben wir jetzt in Österreich und fast jeder Zweite in Wien ist Migrationshintergrundist. Aber wenn ich bedenke, dass die größte Gruppe die Deutschen sind und dann haben wir die Serben, Kroaten, Slowaken, Ungarn, Polen, die ja alle Christen sind, mehr christlich als wir Österreicher, dann kommt mir das schon übertrieben vor, dass jeder Dritte Moslem sein soll. Egal, viele sind es jedenfalls. Und es werden immer mehr, mit allen Problemen, die das mit sich bringt, vom Schwimmunterricht in der Schule bis zur Emanzipation der Frau, das muss man ehrlich ansprechen, weil die Leute haben es satt, immer belogen zu werden.

Aber ich war ja bei Saudi-Arabien. Auf mich hört da keiner, auch der Staatssekretär nicht, dem ich das erst unlängst klarzumachen versucht habe mit der Gefahr aus diesem furchtbaren Ölland und der Familie Saud. „Das ist nicht so leicht, Herr Doktor Schmied“, hat er gesagt, der farblose Krawattenheini, und seinen Arm konspirativ um meine Schulter gelegt. „Sie wissen ja, die Businessleute hätten da etwas dagegen, wenn wir die Islamisten so pauschal verbieten und wir haben ja auch gar keine gesetzliche Handhabe gegen unbescholtene Bürger oder Touristen. Und wie Sie ja auch wissen, ist Saudi-Arabien ein Hoffnungsmarkt für die österreichische Wirtschaft. Was glauben Sie, warum da alle Augenblicke ein Bundespräsident hinfährt?" Ja, eh, weiß ich. Und trotzdem, so kann es nicht weitergehen mit den Islamisten bei uns! Ich werde euch ein bisserl einheizen müssen, euch Politikern! Wenn das der Außenpolitiker schreibt, hat es viel Gewicht bei uns in der Zeitung!

Jetzt, wo ich wieder in die Außenpolitik komme, werde ich eine große Geschichte über Saudi-Arabien machen, seinen Einfluss in der gesamten Nahostregion, wo es von Syrien bis zum Jemen seine blutigen Kriegsfinger im Spiel hat und statt den Terrorismus zu bekämpfen Terroristen züchtet und vor allem Flüchtlinge! Jede Menge Flüchtlinge! Ich werde auch aufdecken, was sich seit dem Bosnien-Krieg in Europa abgespielt hat! Bosnien war ja der Brückenkopf für diese Islamisten, der Brückenkopf nach Europa, also in die EU und zu uns nach Österreich. Und wir sind keine 800 Kilometer weit weg von Sarajevo, also quasi um die Ecke in den heutigen Zeiten der Massenmobilität!

Ich weiß sehr genau, dass damals im Krieg Waffen und was weiß ich noch alles über Wien nach Bosnien gebracht wurden von einer angeblichen Hilfsorganisation, die hieß irgendwas mit Al Islam am Ende. Die war ganz normal bei uns in Wien registriert, beim Südbahnhof, den es ja auch längst nicht mehr gibt, schade drum! Vielleicht waren die Waffen auch eher aus dem Iran, das hat mir diese Besserwisserkollegin einmal erzählt und die war im Krieg öfter in Bosnien. Jedenfalls weiß ich, dass es in Bosnien schon islamische oder islamistische Kämpfer gegeben hat, damals im Krieg zwischen 1992 und 1995 und dass das keine neuzeitliche Erfindung ist.

Man hat sie halt damals noch nicht Dschihadisten genannt, aber das waren solche Söldner Gottes. Und manche von denen sind nach dem Kriegsende geblieben, haben minderjährige Bosnierinnen geheiratet und heute rennen die in zwei Dörfern in Zentralbosnien herum wie in Saudi-Arabien, die Frauen komplett vermummt und die Männer mit diesen Islamistenbärten und den Strickhauberln und den Nachthemden und den Jesusschlapfen, nein nicht Jesus natürlich, mit so Lederschlapfen eben. Und wenn du als junger Islamist aus Wien in den Dschihad willst, dann nimmst du den Autobus nach Bosnien und diese Araber organisieren dir die Reise nach Syrien. Ein Terror-Reisebüro vor den Toren Wiens! Die Story schreibe ich gleich fürs Wochenende, die wird ein Knaller in der Zeitung und ein Klick-Hit wird sie erst recht!

So, der Schreibtisch ist aufgeräumt, als wäre ich hier nie gesessen. Na, fahr' endlich hoch, du Computer, da ist doch sicher auch eine Mail von der Chefredaktion in meinem Postfach, die mir meine Versetzung in die Außenpolitik ordnungsgemäß mitteilt. Ha!

Von: personalbüro
An: karl.schmied@diezeitung.com

Sehr geehrter Herr Dr. Schmied,

Nach Durchsicht unserer Personalakten und Rücksprache mit der Pensionsversicherungsanstalt haben wir festgestellt, dass Sie aufgrund Ihrer jahrzehntelangen Dienstzeiten in unserem Hause sowie Vordienstzeiten bei diversen früheren Arbeitgebern mit heutigem Tage Anspruch auf eine Korridorpension erworben haben.
Wegen der Ihnen bekannten Umstrukturierungsmaßnahmen, die unser Haus zukunftsfit machen werden, haben wir entschieden, Ihnen gegen eine Abstandszahlung von Euro 200.000,- inkl. Abfertigung und Resturlaubsabgeltung die Anwesenheitspflicht während des Korridorjahres zu erlassen. Dieses Angebot ist alternativlos.
Wir ersuchen Sie, die Einverständniserklärung im Anhang elektronisch unterfertigt an sabine.zick@diezeitung.com zurückzusenden und noch heute Ihren Schreibtisch zu räumen.
Ihren Zutrittschip und Ihren Büroschlüssel hinterlassen Sie bitte beim Portier, der über die Sachlage informiert ist.
Da sich das gesamte Führungspersonal unseres Hauses derzeit auf einem Strategie- und

Reformseminar außerhalb von Wien befindet, gestatten Sie mir, Ihnen auf diesem Wege im Namen der Chefredaktion für Ihre treuen Dienste herzlich zu danken. Die Herren und ich wünschen Ihnen alles Gute auf Ihrem weiteren Lebensweg.

Mit freundlichen Grüßen,
Mag. Sabine Zick,
Leitung des Personalbüros

AUF DER TOILETTE

Ausatmen, Karl, ausatmen. Ganz ruhig ausatmen. Ich kann nicht ausatmen, die Luft steckt in mir fest. Die Rippen sind mir zu eng geworden, mein ganzer Körper ist außer Kontrolle, im Kopf dreht sich alles, die Beine sind ausgestreckt und gehorchen mir nicht, der Brustkorb ist zusammengedrückt wie von einer gewaltigen Presse, ich höre mich japsen wie ein kleines Viecherl.

Ich bin kaputtgegangen, auf dem Klo in der Zeitung. Entsetzlich. Es ist so entsetzlich. Ich will sterben. Lieber Gott, lass mich sterben! Einfach tot sein. Sofort. Bitte, bitte, tot sein. Ich kann das, was mir da passiert ist, nicht überleben. Diese unfassbare Gemeinheit, in eine Ecke geworfen wie ein benutztes Taschentuch.

Es tut so weh. Alles tut so weh. Ich kriege keine Luft, ich muss ersticken, langsam und qualvoll ersticken. Gott sei Dank ist sonst keiner hier. Und Gott sei Dank hat niemand gehört, wie ich die zwei Magenbitter ausgekotzt habe, die ich kaum aus der Schreibtischlade gekriegt hatte, weil diese Scheißlade immer klemmt, wenn man sie dringend aufmachen muss. Niemals zuvor habe ich Magenbitter gekotzt, meine wichtigste Medizin! Niemals zuvor bin ich so gedemütigt worden, nicht einmal von der Sonja!

Ich kriege noch immer keine Luft. Ich werde hier auf dem Häusel verrecken. Was für eine Schmach, wenn die mich in der Ecke finden, das Hemd verschwitzt, aus dem Mund nach Kotze stinkend, den Kopf an die Zentralheizung gelehnt, meine wenigen Locken vom Oberkopf angepickt an der Stirn wie in einer miserablen Theateraufführung aus der Zeit der alten Römer. Ich habe nicht einmal die Kraft, meine Hand zu heben und die Haare aus der Stirn zu streichen. Die Beine sind gelähmt. Ich kann meine Beine nicht anwinkeln. Ich bin eine so jämmerliche Figur. Eine einzige, das Leben aushauchende Katastrophe.

Ich muss atmen. Und ich muss aufstehen. Karl, du musst aufstehen, du musst dich aufrichten. Du musst auf die Beine kommen, Karl! Karli-Bua, bitte steh auf, bitte! Reiß dich zusammen, Karli, reiß dich endlich zusammen und steh auf von da! Karli, mach schon! Karli, ich sag's dir nicht noch einmal! Steh auf! Sei ein Mann und komm da hoch!

Jetzt rede ich schon wie die Mutter mit mir, wie sie mich früher immer angestachelt hat, durchzuhalten, nicht aufzugeben, nicht liegen zu bleiben, sondern wieder aufzustehen. „Stark ist, wer einmal mehr aufsteht, als er hingefallen ist“, hat sie immer gesagt. Ich höre ja ihre Stimme, nicht meine! Bin ich verrückt geworden? Kann man durch einen einzigen Schock total verrückt werden? Durch den Mangel an Sauerstoff vielleicht? Geht das medizinisch überhaupt? Das Gehirn macht die Stimme von der Mutter nach, als stünde sie im Klovorraum, dort, wo ich unbedingt hin muss mit meinem ramponierten Leib. Dorthin muss ich, kaltes Wasser brauche ich. Kaltes Wasser hilft immer, sagt man doch. Und frische Luft. Ich brauche frische Luft!

Und wenn es sonst nichts ist, was ich in meinem Leben noch jemals auf die Beine stelle: Ich muss mich auf die Beine stellen.

Mich! Weil niemand, niemand auf der Welt soll mich in diesem Zustand sehen! Das habe ich nicht verdient! So etwas hat niemand verdient!

IM REDAKTIONSBÜRO

Ein eiserner Wille hilft ja doch! Und Wasser. Zwar habe ich in diesem halb blinden Spiegel in diesem scheußlichen Waschraum einen fremden Mann gesehen, einen bleichen, wackeligen, alten Mann mit schmalen, blaulila Lippen, herunterhängenden Mundwinkeln und herunterhängenden Schultern, einer fettig glänzenden Stirn, einem zerknitterten, verschwitzten Hemd, aber immerhin: Ich lebe! Ich stehe sogar! Und ich kann mich beschreiben wie ein echter Journalist, ein Profi! Ist das Hirn also doch nicht irreparabel kaputt. Das war nur eine Teilleistungsschwäche, kein Totalausfall.

Irgendwie habe ich mich einigermaßen wiederhergestellt. Wer nicht weiß, was mir widerfahren ist, könnte glauben, das alles, die klebrigen Haare, das am Leib klebende Hemd, die faltige, ausgebeulte Hose liegen nur an der Hitzewelle. Andauernd haben wir jetzt Hitzewellen, das ist nicht normal! Ich habe es bis in mein Büro geschafft, immerhin! Und keiner ist mir begegnet und hat dumme Fragen gestellt, was für ein Glück in diesem Unglück! Fast dankbar könnte man da werden!

Ich habe mich sogar getraut, noch einen Magenbitter hinunterzukippen. Und gespannt gewartet, was passiert. Der ist unten geblieben. Dann gleich noch einen. Hat gutgetan, diese Wärme, die sich im Körper ausbreitet, wenn man ein, zwei Hochprozentige zu sich nimmt. Hat ruhig gemacht, trotz all der Aufregung. Es hat einen Moment sogar ein bisschen zufrieden gemacht, die wohlige, sich verteilende Wärme und dass ich es gekonnt habe, physisch und psychisch gekonnt habe, mich wieder aufzurichten.

Auch die Atemübungen am offenen Fenster haben geholfen. Zum Glück haben wir noch Fenster, die man aufmachen kann, nicht so wie in diesen Glastürmen mit den Großraumbüros, wo man überhaupt keine Frischluft mehr kriegt, sondern nur Klimaanlage. Ich hasse Klimaanlagen. Es hat doch einen Sinn, wenn man beim Friseur diese Hochglanzhefte durchblättert, irgendetwas lernt man immer! Atemübungen zum Beispiel. Ich sollte ohnehin bald wieder zum Friseur. Was habe ich da gedacht? Was kümmert dich deine Frisur, Karl? Du hast ganz andere Sorgen!

Jetzt muss dir aber etwas einfallen, etwas Großes, etwas Bedeutendes. Ein Paukenschlag! Ein Paukenschlag, an den die hier noch lange denken werden! Weil so kommt ihr mir nicht davon, ihr Gesindel!

Der Puls rast nicht mehr so, das Hirn kann wieder denken. Denken, das war immer das Wichtigste in meinem Leben. Mit mir selber denken, weil so gesellig war ich ja nie, dass ich mir andauernd mit irgendwelchen Leuten gemeinsam den Kopf zerbrochen hätte. Das kommt wahrscheinlich daher, dass ich ein Schlüsselkind war, da lernt man schon sehr früh, für sich allein zu denken.

Ich habe immer strategisch gedacht. Logisch gedacht. Nur bei der Sonja nicht, da habe ich überhaupt nicht gedacht, also nicht nachgedacht. Das wäre mir, hätte ich mich nicht verliebt, nie passiert, aber mit dem Verlieben kenne ich mich auch nicht so aus wie mit dem Denken. Immer habe ich einen Schritt vorausgedacht. Schach gespielt im Kopf. Den Schachzug des

Anderen erahnen und das taktisch Richtige tun, das war mein Sport!

Deshalb bin ich auch nicht untergegangen in diesem Haifischbecken an Reportern und Kommentatoren und Onlinern, also bis heute jedenfalls. Und wer konnte ahnen, was die Chefredaktion da aushecken würde und sich dann feige hinter der Zick verstecken, dieser Frustnudel!

Mein bisschen Krimskrams, die auf der halben Welt eingesammelten Kugelschreiber und den Duden und das Synonymwörterbuch habe ich untergebracht im Geschenkkorb, die Kürbiskerne und den Honig könnt ihr euch behalten! Und diese idiotische riesige Schneekugel mit dem Riesenrad, die ihr mir zum Geburtstag geschenkt habt und die ich auf dem Schreibtisch stehen hatte als Briefbeschwerer – was hätte ich sonst damit tun sollen? –, die bleibt auch hier. Was für ein trottelhaftes Geschenk, eine Schneekugel mit einem Wahrzeichen von Wien für einen Wiener!

Ihr fantasielosen Blödiane! Und so etwas nennt sich Kollegen! Oberflächliche, ungebildete Rotzpipen seid ihr, sonst nichts! Hohlköpfe ohne Seele! Im Übrigen kann ich mir das Riesenrad ab jetzt jeden Tag und jede Nacht anschauen, wenn's mich freut, ihr Affen!

Was hat die Zick in ihrer frechen Mail geschrieben? Die ganze Chefredaktion ist auf einem Seminar? Ist außer Haus?

Da ist sie, meine Chance! Ihr werdet mich noch kennenlernen, ihr menschlicher Dreck, ihr Ratten, ihr Abschaum, ihr, die ihr schon seit Jahren die Leute verrückt macht mit euren hysterischen Geschichten von der steigenden Kriminalität und der Terrorgefahr und den Moslems samt ihren Kindergärten und den Burkafrauen und der Islamisierung, die uns Christen zur

Minderheit machen wird! Ihr Verdreher und Verhetzter, ihr Anstachler und Herauskitzler der niedersten Instinkte in den Lesern!

Ihr seid schuld an der Stimmung im Land, an der geistigen Bürgerkriegsstimmung, an den Kommentaren über die Flüchtlinge als Fischfutter, die Moslems als Ziegenficker, die Frauen als Brutpflegerinnen, ihr Arschkriecher des blanken Kapitalismus ohne jede Moral, der blöd gemachtes Stimmvieh braucht und Neider und Herumhacker auf den Schwächeren, damit die sich alle gegenseitig fertigmachen und die da oben in Ruhe absahnen können, ohne dass irgendwer auch nur auf die Idee kommt, einen Aufstand zu machen!

Das habt ihr euch schön ausgedacht, ein Brieferl, ein depperter Geschenkkorb, ein zugegebenermaßen nicht gerade geringes Abstandshonorar und das war's. So nicht! Nicht mit mir! Nicht mit dem Journalisten Dr. Karl Schmied! Der Schmied bin immer noch ich, ihr Schmiedln!

Ich gehe jetzt einfach in das Zimmer von dem Online-Kotzbrocken. Seine Zugangsdaten zum Computer habe ich ja, wegen der vielen Wochenenddienste, für die ich euch immer gut genug war, weil ich keine Familie habe. „Das kann der Schmied machen!", hat es immer und immer geheißen. „Der Schmied hat sicher Zeit!" Weihnachten? „Der Schmied!" Ostern? „Der Schmied!" Juli, August? „Der Schmied!" Und ich habe mir den Hintern plattgesessen in der Zeitung, während ihr euch amüsiert habt beim Beachvolleyball am Wörthersee oder bei der Oper in Sankt Margarethen oder gar in Salzburg, oder wo sonst man es in die Seitenblicke-Sendungen schafft, am besten angekuschelt an einen wichtigen Politiker, mit verrutschtem Smokingmascherl und devotem Grinser.

Gut Freund sein mit den Mächtigen, und den Lesern einreden, ihr würdet den Mächtigen auf die Finger schauen, so seid ihr! Und die armen Leser glauben euch das auch noch und lassen sich gegeneinander aufhussen, die Inländer gegen die Ausländer, die Frauen gegen die Männer, die Jungen gegen die Alten, die Armen gegen die noch Ärmeren, die Hackler gegen die Arbeitslosen und alle zusammen gegen Migranten und erst recht gegen die Asylanten.

Nur die Reichen, die bleiben auf der sicheren Seite, da traut sich keiner ran von euch System-Schmarotzern! Die Reichen sieht man in der Zeitung nur mit ihren Nobelhochzeiten, ihren Nobelschlitten, ihren Nobelurlauben, als kleines Amüsement für die, die nichts haben außer den Euro für die Zeitung und die ewige Hoffnung, dass sie auch einmal ein paar Rosinen abbekommen könnten, auch einmal ein bisserl Glück haben im Leben.

Blöd in die Fernsehkamera glotzen in den Seitenblicken, da seid ihr alle Weltmeister darin! Und noch die Gattin mit dem Dekolleté bis zum Nabel und dem bis zur Unkenntlichkeit chirurgisierten Kindergesicht und den Goldlöckchen ins Bild rücken, das ist eure wahre Berufung! Beruf? Ist euch wurscht, ihr Ehrlosen, ihr Fake-Newser, ihr Seelenvergifter und Propheten des Untergangs, ihr Lügenpresser!

IM BÜRO DES ONLINE-CHEFS

So, der Computer vom Online-Arschloch ist an, das Passwort passt. Na wenigstens haben sie das nicht geändert, extra wegen mir, dem Ausgestoßenen, den ihr nicht mehr braucht in eurer Drecksmodernisierungswelt, eurer Rotstiftwelt, eurer Jugendkultwelt, eurer Welt, in der Erfahrung nichts und Erregung alles ist.

Allein wenn man sieht, was das Online-Arschloch für ein exquisites Büro hat mit dem Riesenschreibtisch und der Klimaanlage, da könnte einem das Kotzen kommen. Nein, nicht schon wieder kotzen, das habe ich hinter mir! Was der für eine Bücherwand aus Echtholz hat für seine ganzen geschenkten, signierten Werke, die er nie auch nur durchgeblättert hat! Und was er für einen sauteuren Lederdrehsessel hat, in den ich jetzt gleich hineinfurzen werde und er kann nichts dagegen tun! In den Whiskey spucke ich ihm auch, diesem dahergelaufenen Parvenu, der mit Sicherheit ein Pantscherl hat mit der zaundürren Zick. Wahrscheinlich haben sie beim Schäferstündchen mein Schicksal besiegelt, diese, diese, wie nennt man sowas überhaupt? Diese eiskalten Karrieristen, diese seelenlosen Golems. Hoffentlich gibt es die Hölle doch, für so Unchristliche wie euch!

Allein an diesem Onliner-Büro sieht man, wo der Schwerpunkt der Zeitung liegt. Bei den Klicks. Es zählen nur noch die Klicks! Und wie generiert man Klicks? Mit schwachsinnigen

Storys, mit verdrehten, mit hochgejazzten Geschichten, mit Lug und Trug!

Ihr mit eurem Klick-Dreck, wie das Online-Arschloch immer sagt, supergeiler Klick-Dreck, was habt ihr mit dem bei euren Lesern angerichtet! Habt ihr nie daran gedacht, dass das auch Wähler sind? Und habt ihr nie fertiggedacht, was mit der Demokratie passiert, wenn man die Wähler alle deppert macht, sodass sie Wahrheit von Lüge nicht mehr unterscheiden können und täglich ihre Dosis Erregung brauchen wie der Junkie sein Gift? Und dass man die Dosis ständig steigern muss, weil es den Leuten sonst fad wird! Wir von der Printausgabe sind ja nur noch das fade Beiwerk für eure Lügenorgel! Gehirngewaschen werden die Leute online und das im Stunden-, was heißt, im Minutentakt!

Ihr kriegt jetzt ein Abschiedsgeschenk von mir, dass ihr nur so staunen werdet! Einen supergeilen Klick-Dreck kriegt ihr! Genauso einen Klick-Dreck wie die Gruselserie der ganzen vielen langen letzten Wochen von euch, bei der nur die Ortsangabe stimmt und sonst nichts!

„Krokodil in der alten Donau?"

„Unfassbar! Schweinegrippe in der Wurstfabrik!"

„Asiatische Vogelgrippe bedroht unsere Haustiere!"

„Brüssel greift nach der Fritteuse! Pommes-frites-Verbot droht!"

„Brüssel nimmt uns die Marmelade weg!"

„Invasion der Killer-Bienen!"

„Skandal: Terror-Kindergärten in Wien!"

„Ist unser Wasser verseucht?"

„Bedrohen Terroristen den Opernball?"

„Warnung vor der U6! Flüchtlingsmafia bedroht Wiener!"

„Drückt der Irre in Nordkorea auf Atomknopf?"

„Atombusen von Starlet explodiert!"

„Gefahr aus dem Osten! Die Mafia unterwandert uns!"

„Tiroler Terrorkuh tötet Touristin!"

So ein Angstlust-Märchen kann ich auch! Und noch besser! Ich kann das so gut, dass eure Handys glühen werden, wenn ihr dem Kanzler und dem Bürgermeister und dem Innenminister und dem Polizeipräsidenten erklären müsst, dass ihr Superchefs keine Ahnung habt, wie das hat passieren können, dass in der Zeitung so eine Geschichte steht, von der nicht einmal die Staatspolizei weiß, wo sie herkommt!

Wie gut, dass ich mich einmal überwunden und mit dem Handy ein Foto gemacht habe! Und zwar vom Pass von der Sonja. Schau, Sonja, jetzt kriegst du auch gleich noch ein Abschiedsgeschenk von mir! Weil sollten sie dich nicht ausreisen lassen, kannst du die Zeitung klagen.

Unfassbarer Skandal!!!

Riesiger Menschenhändlerring mitten in Wien! Kopf der Bande: Die Moldawierin Ecaterina S.

Wie die „Zeitung“ exklusiv erfuhr, treibt mitten in der Wiener Innenstadt ein Menschenhändlerring seit Jahren sein unmenschliches Unwesen. Mehrere Dutzend Personen, darunter mutmaßlich auch Minderjährige, sollen nach Wien geschleppt und zur Zwangsprostitution und zu Pornodarstellungen gezwungen worden sein. Es ist nicht ausgeschlossen, dass auch Wiener Jugendliche Opfer der Bande sind. Kopf des Menschenschlepperrings ist die 46-jährige Ecaterina S. (siehe Bild), eine Moldawierin, die sich unter falschem Namen („Sonja“) und mit einem vermutlich gefälschten rumänischen Pass illegal in Österreich aufhält. Nach der Frau wird bundesweit gefahndet.

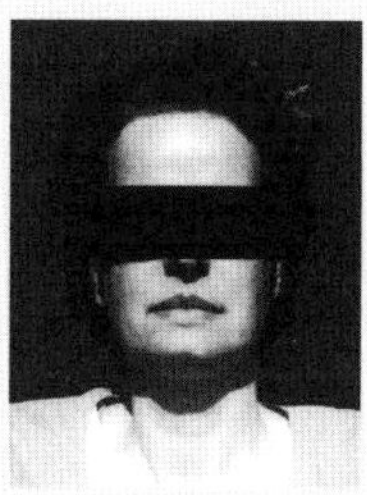

Auch Interpol wurde eingeschaltet, da davon auszugehen ist, dass die Bande grenzübergreifend EU-weit mit brutalsten Mitteln agiert. Ecaterina S. soll bewaffnet sein und gilt als gefährlich. Privatpersonen, die der 167 cm großen Frau mit den schulterlangen, brünetten Haaren und den blaugrünen Augen und einem auffälligen orthodoxen Kreuz an einer Halskette begegnen, werden gebeten, unverzüglich die Polizei zu informieren. Bitte helfen Sie den Amtsorganen und halten Sie die Augen offen, damit unsere Stadt wieder sicher wird!

Dass die Politiker, sowohl in Wien als auch auf Bundesebene, seit Jahren vor diesem unsere Gesellschaft bedrohenden Menschenschmuggler-Problem, das aus dem Ausland zu uns hereinkommt, stets die Augen verschlossen haben, darf nicht länger toleriert werden. Die Politik ist dringend aufgefordert, endlich zu handeln! Die Bürger erwarten zu recht, dass sie in ihrem eigenen Land in Ruhe und Sicherheit leben können!

Ein Knopfdruck, und die Story ist online, das ist das Gute heutzutage! Nachrichten in Echtzeit! Fake-News in Echtzeit! Die Lügenpresse arbeitet in Echtzeit!

Ha! Schon gibt es den ersten Hasskommentar! „ABSCHAUM!!!! Grenzen dicht!!!! Gas gehört wieder her!!!!!" Na, da wird es sich gleich abspielen in der Kommentarleiste, weil ein Hasskommentar ermutigt ja gleich ein paar Dutzend andere, die nichts Besseres zu tun haben, als in die Tasten zu hauen und sich ihre geballte Wut von der Seele zu schreiben. Auf was die alle so wütend sind, weiß ich gar nicht. Ich glaube, das wissen die selber nicht.

Herrlich, keiner ist in der Redaktion, der diese Online-Hetze jetzt moderieren oder gar Beiträge löschen würde, so wie ich das machen musste in meinen vielen Wochenenddiensten. Da kommt man ja manchmal gar nicht nach mit dem Löschen. Ja, jetzt bleibt der Dreck eben stehen und das gibt dann sicher wieder Anzeigen bei der Staatsanwaltschaft und Kritik vom Journalistenverband! Hehe. „So sad!", täte der Trottel im Weißen Haus da jetzt wohl sagen.

Ja, so schnell geht das, so schnell kann man die Leute verrückt machen und in eine Menschenhatz hineintreiben! Da genügt eine kleine Meldung, in der Zeitung wird das ja nur ein kurzer Zweispalter, aber mit riesigem Titel mit den drei Rufzeichen als klares Zeichen für Alarm, dass schon wieder etwas Furchtbares geschehen ist, und der Bodensatz der Gesellschaft springt an wie ein Formel-1-Motor und rülpst alles raus, was Gott und Gesetze verboten haben. Noch ein Knopfdruck, und die letzte Geschichte meines Journalistenlebens geht in die Druckerei.

Lang, sehr lang werdet ihr noch an mich denken, ihr Lügenpresser!

Alle handelnden Personen sind frei erfunden. Nur die Besserwisserin – das bin ich.

Livia Klingl

Die langjährige Außenpolitik-Journalistin Livia Klingl räumt mit Vorurteilen auf: Europa wird nicht von Flüchtlingen überschwemmt.

192 Seiten
ISBN 978-3-218-00968-3
€ 22.– | auch als E-Book

21 Interviews von Livia Klingl zum Thema Fremdheit und Fremdsein mit Lojze Wieser, Hannah Lessing, Nina Kusturica, Johannes Voggenhuber u.a.

208 Seiten
ISBN 978-3-218-01061-0
€ 22.– | auch als E-Book